KB053277

우울보다 낭만이기를

작가 고유의 글맛을 살리기 위해 '한글 맞춤법'에 맞지 않는
일부 표현은 수정하지 않았습니다.

우울보다 낭만이기를

최형준 산문집

작가의 말

 지난 몇 년간 심리적으로 유쾌하지 못한 시간을 보냈다. 낮은 없고 온통 새벽뿐이었다. 낮이 싫어 새벽의 세계로 숨은 건 다름 아닌 나 자신이었지만, 푸르스름한 장막을 둥지 삼아 움츠린 어깨를 연거푸 문지르며 책 몇 권을 품고 견딜 때는 분명 사무치게 외로웠다. 그러한 영겁의 시간에 갇혀 이도 저도 못 하고 망가져 갈 때, 내게는 우울에 대항할 수 있는 것이 무언인지 사색할 여유가 없었다. 그저 눈을 감고, 귀를 닫기 바빴으니까. 아끼던 벨트에는 살이 빠질수록 새 구멍이 하나씩 늘어났고, 모질게 남은 그 구멍으로는 뾰족한 송곳날 말고도 많은 것들이 함께 빠져나갔다.

 이 책의 제목은 「우울보다 낭만이기를」이다. 지금 이 글을 읽고, 또 쓰고 있는 당신과 나에게는 이 책의 제목이 지나치게 단순한 얘기로 들릴지 모른다. 하지만 이렇게 묻고 싶다. 만일 당신이 이 책의 존재를 조금도 알지 못할 때로 돌아가, '우울보다 [   ]이기를' 하는 식의 질문을 받았다고 가정해 보자. 당신은 어떤 말로 괄호를 채울 수 있겠는가? 과연 단번에 낭만이라는 낱말이 떠올랐을까?

　우울과 낭만이라는 낱말이 지닌 의미를 헤아려보면, 그 둘의 대비는 생각보다 크지 않다. 비교격을 이용해 나란히 두고 보면 자못 양극성을 띠는 듯 보이지만, 따로 놓고 보면 그 둘이 콤비를 이룰 명확한 사유가 없다. 하지만 그럼에도 나에게 있어 '우울'의 보색은 필시 '낭만'뿐이었다.

차
례

2

3

프롤로그

언제부턴가 하는 일을 묻는 질문을 받게 되면 우물쭈물 대답을 망설인다. 작가입니다, 하는 대답이 불쑥 나오려다 마는 것이다. 어찌 된 일인가 하면, 이게 약간 쑥스럽기도 하고, 아직은 확신이 부족한 탓이다. 예컨대 새로 산 옷을 어디 잘 보이는 데다 걸어 두고 흐뭇하게 바라보다가도, 막상 입고 나가려면 아, 다음에 입을까…. 하는 것과 비슷하다.

사실 나는 벌써 1년이 넘게 「gudwns97잡문집」이라는 제목으로 독자에게 이메일 원고를 발송하는 연재 서비스를 진행해왔고, 그 덕에 결코 적다고 할 수 없는 독자들에게 이미 작가라 불리고 있다. 연재 초기에는 작가라 불리는 일 자체가 무척 벅차고 대단하게 느껴졌지만, 요새는 느긋하게 앉아 독자들이 써준 답장을 읽고 있으면 그야 내가 작가가 아니면 뭘까 싶기도 하다. 하지만 여전히 스스로를 작가로 인정하는 과정이 결코 간단해서는 안 된다며 자조하곤 한다. 이런 건 어디까지나 가치 판단의 영역과 맞닿아 있는 문제인데, 작가랍시고 어디 가서 거들먹거리기 전에 필경 끊임없는 자문이 선행되어야 한다.

그렇다면 이만 각설하고 열정적으로 고뇌하며 필사적으로 글을 쓰면 좋을 것이다. 그런데 이게 금세 또 생각이 달리 든다. 김춘수 시인의 <꽃>을 떠올리며 짐짓 고개를 끄덕이는 거다.

"내가 그의 이름을 불러주기 전에는 그는 다만 하나의
몸짓에 지나지 않았다. 내가 그의 이름을 불러 주었을
때, 그는 나에게로 와서 꽃이 되었다."

그렇다면 이미 작가라 불리고 있는데 내가 작가가 아니면 뭐란 말인가? 꽤나 우유부단한 타입의 필자이다.

이거야 원, 이러고 있다 보면 가치 판단이고 나발이고 간에 결국 퍽 혼란스러운 지경에 이르러 대충 살아버리고 말지 싶어진다. 그런 사정으로 근래 누가 직업을 묻거든 대략 10번 중 8번 정도는 '무용학도입니다.' 하고 둘러댔다. 무용수의 길이라면 이미 마음이 떴지만, 어쨌든 10년 가까이 전 넘했으니 이럴 때라도 써먹으면 덜 손해지 싶어 꼭 나쁘지만은 않았다. 읽고 쓰는 일에 마음이 동해 대학을 박차고 나올 당시에는 돌아갈 곳이 없어야 멀리 갈 수 있는 법이라며 사나이 최형준, 여지를 남길 바에 자퇴를 하겠다고 주위에 으름장을 놓았다. 제법 사내대장부 다운 포부였다. 하지만 결국 고민 끝에는 휴학 길에 올랐고, 그 길로 오늘까지 계속해 집필을 이어왔다. 그리고 덕분에 비로소 이렇듯 낭만스러운 책의 저자로서 공공연한 작가가 되었다. 무척 가슴 설레는 일이다. 그러니 모쪼록 쉬울 리 없겠지만, 박차를 가해 더 좋은 글을 써보자. 더 좋은 작가가 되어보자. 가르칠 건 별로 없어도, 들려주고 싶은 얘기는 한가득이니까.

1

굿바이 서울

눈을 떠보니 유독 방 안이 선명했다. 작년부터 계획해 온 전시 준비로 밤을 꼴딱 새우고 돌아와서는 렌즈를 빼지 않고 곯아떨어졌다. 아차차. 뻑뻑한 눈알에서 렌즈를 빼 머리맡에 튕겨 버렸다. 렌즈를 끼고 잠든 날이면 잠을 반만 잔 기분이 들어 잘 자고서도 찌뿌둥하다.

이불 속을 다시 파고들었다. 옆구리쯤에 따뜻한 생명체가 몸을 비벼오는 감촉이 느껴진다. 우리집 강아지 가을이. 옆으로 돌아누워 몸을 둥글게 말았다. 온몸이 가을이를 꼭 에워쌌다. 말초신경까지 따뜻해지는 한때라고 생각했다. 오후 12시였다.

모처럼 눈이 떠진 김에 하루를 일찍 시작하고 싶었다. 전시 준비로 벌써 몇 달째 밤낮이 뒤바뀐 생활을 했다. 그마저도 깨어있는 시간 대부분을 지하 작업실에서 틀어박혀 지냈으니 볕이 그리울 만도 했다. 그런 생활을 하다 보면 시간은 물론 날짜나 요일 감각마저 완전히 사라져버려 한참을 헤아려도 혼란스럽기만 한 지경에 이른다. 핸드폰을 보니 일요일, 2월 9일이었다.

2월 9일, 일요일. 2월 9일, 일요일. 안경을 찾아 협탁 위를 더듬으며 곰곰이 생각해 보았다. 2월 9일, 일요일. 틀림

없이 뭔가 중요한 약속 같은 게 있는 날이었다. 그런데 그게 어떤 중요한 약속인지는 통 기억이 나지 않는다. 아부지 생신인가 했더니 그건 다음주. 전시 리허설 날인가 했더니 그건 어제 마쳤다. 시원하게 떠오르는 생각은 없고, 측두엽이 간질거렸다.

탄산수를 하나 꺼내 마시고는 방으로 돌아와 거울 앞에서 스트레칭을 시작했다. 내가 하는 스트레칭은 무슨 거창한 게 아니어서 발레 전공자에게 흔히들 기대하는 그런 우아한 그림은 아니고, 그저 무식하게 여기저기 뼈 소리를 내며 어흐- 하고 탄식을 내뱉는 정도다. 마치고 나니 의식은 맑아지고 잠은 달아났다. 그제서야 거울 속 멀뚱한 몰골이며, 침대에서 자기 좀 내려 달라는 가을이의 애처로운 눈빛 같은 게 눈에 들어왔다. 가을이를 바닥에 내려주며 '2월 9일, 일요일. 2월 9일, 일요일.' 하고 소리 내 되뇌어봤지만, 허사였다.

그러고 보니 집이 온통 조용했다. 그야 다들 출근을 했으니 집 안이 조용한 건 당연한 일이지만, 나른하면서도 적막한 것이 어쩐지 살짝 외로웠다. 이런 기분, 다들 느끼는 건지 모르겠다. 노래를 틀어야지 싶었다. 모처럼 하루를 일찍 시작하고는 초장부터 슬프고 싶지 않았다.

이럴 때 좋다는 게 낭만이다. 내 방에는 낭만 하나만 바라보고 지갑을 털어가며 구입한 오디오 장비들과 120장 남짓한 음반들이 있다. 멜론에 매달 꼬박꼬박 요금을 지불하면서도 굳이 레코드나 시디를 사 모으는 걸 보면, 낭만이란 기가 막히게 다양한 형태로 존재하는 것 같다.

뭐부터 들으면 좋을까 고민하며 레코드 캐비닛을 여는 순간, 전신의 묵은 때가 단번에 싹 벗겨지듯 속 시원한 감각이 들었다. 뜻밖에도 캐비닛 안에 2월 9일에 대한 힌트가 숨어 있었던 거다. 옳다구나. 벌써 그날이군. 캐비닛 한켠에서 발견한 것은 밴드 '혁오'의 앨범이었다.

2월 9일은 이제 막 발매된 그들의 새 앨범 국내 콘서트 날짜였다. 지지난 여름 콘서트 때 경험한 황홀함에 이번 콘서트도 놓치지 않겠다 다짐했던 것이다. 그렇게 머릿속에 날짜를 꼭꼭 아로새겨 둔 것이 최근 전시 준비에 온통 정신이 팔려 까맣게 잊고 있었다. 스스로가 원망스러웠다. 바로 어제까지도 그들의 새 앨범을 반복해 들으며 작업했단 말이다. 미련한 놈이다.

콘서트는 이미 물 건너갔으니 손가락이라도 빨자는 심정

으로 레코드 사이에서 시디 앨범을 꺼냈다. 그러고 보니 이 시디, 사놓고 한 번도 듣지 않았다. 한동안 시디 플레이어가 말썽을 부렸기 때문이다. 그런데 마침 최근에 새로 구입한 턴테이블에 시디 플레이어 기능이 탑재되어 있었다. 버튼을 누르자 기계가 즉각 혓바닥을 내밀었고 그 위에 시디를 얹었다. 다시 버튼을 누르자 기계는 그것을 냉큼 집어삼켰다. 가을이를 품에 안고 안락의자에 앉아 노래가 흘러나오길 기다렸다.

이미 귀가 닳도록 들은 앨범인데 시디로 들으니 괜히 또 느낌이 색달랐다. 하도 많이 들어서 앨범 전곡의 기타 리프를 전부 외웠다. 직접 연주하는 건 무리지만 처음부터 끝까지 입으로 따라 부를 수 있는 거다. 사실 나는 '혁오'의 곡 대부분의 기타 리프를 외울 수 있다. 나도 모르게 보컬 말고 기타 리프를 흥얼거릴 때면 가끔 친구들이 별난 놈이라 놀렸다. 별나긴 뭐가 별나다는 걸까. 그저 많이 들었을 뿐인걸.

멜론에는 특정 아티스트와 회원과의 친밀도를 계산해주는 서비스가 존재한다. 음원 스트리밍 횟수와 비디오 조회 수 따위를 반영해 퍼센티지로 등수를 매겨주는 서비스인데, 개인적으로 상당히 마음에 든다. 고작 통계 수치 자료에 불과하지마는 어쩐지 낭만이 있지 않은가. 게다가 친밀도 값을 SNS에 공유하는 기능도 따로 마련되어 있으니 백날 말로 나불거리는 것보다야 훨씬 간단하고 분별력이 있다. 나와 '혁오'의 친밀도는 94도인데 그게 어느 정도냐면, 230만 명 중에 700등쯤 되는 거다.

원래 이렇게까지 혁오라는 밴드를 특별히 여기지는 않았다. 그날을 나는 아주 또렷하게 기억한다. 2018년 5월 31일이었다.

나는 그해 대학교 3학년이었고, 자퇴할 각오로 연습실 문을 박차고 나온 날이 그로부터 1~2주 전이었다. 물론 마음을 굳게 먹지 않고는 하지 못할 결심이니 나름은 결의에 찼겠지만, 그래 봐야 22살짜리 풋내기였다. 마음은 얼마든지 먹을 수 있고 곧장 행동도 할 수 있지만, 확신 같은 건 죽어도 할 수 없는. 그 풋내기가 일을 저지르고 나서 자취방에 틀어박혀 심리적으로 얼마나 불안한 시간을 보냈을까. 내가 떠나려던 학교는 두말 할 것 없이 허울만큼은 훌륭했고 또 그런 만큼 열심히 노력해 입학한 곳이었다. 게다가 내겐 그 청천벽력 같은 소식을 부모님께 알려야 할 의무도 있었다. 나조차 얼마 안 가 후회하지는 않을까 두려운데, 부모님의 마음은 어떠하랴. 하지만 미루면 미룰수록 마음의 짐은 무거워질 뿐이었다. 부모님은 화를 내며 돌아가라 하실 게 뻔했다. 그렇게 되면 무작정 고집을 피울 수도 없는 노릇이었다. 그래도 돌아갈 마음은 도무지 들지 않았다.

그렇게 무작정 가방에 옷가지를 욱여넣고서 본가를 향해 지하철에 올라탔다. 자취방에서 본가까지는 한 시간 반. 막 나가겠다 다짐은 했지만, 어디서부터 어떻게 막 나가야 할지 고민이 됐다. 네가 발레가 아니면 평생 뭘 해 먹고 살 거냐 물으시면 뭐라고 대답을 하지, 내 얘기를 들어 보기도 전에 내쫓아 버리시면 어떡하지 하는 걱정이 꼬리의 꼬리를 물었다. 지하철은 한산했음에도 토가 직선으로 뿜어져 나와 반대편 사람 무릎에 닿을 것 같았다. 어느새 도착까지 몇 정거장쯤을 남기고 있었다. 부모님께 당당한 태도로 말을 잘하려면 이 이상 복잡한 생각을 해서는 안 됐다. 그래서 노래를 듣기로 했다. 나는 그럴 때 노래에 의지한다. 이어폰을 꽂고 스트리밍 어플을 켰다. 최신 음악 차트가 눈에 띄었다. 그날은 혁오의 새 앨범이 발매되는 날이었다. 전곡을 플레이리스트에 담고 가만히 들었다. 참담한 심정으로 들으니 통통 튀는 사운드도 죄다 우울하게만 들렸다.

통학할 때는 징그럽게 멀기만 하던 길이 그날은 어찌나 짧던지. 정신을 차리고 보니 나는 승강장에 서 있었고 열차의 꽁무니가 저 끝을 빠져나갔다. 개찰구에 카드를 찍고, 긴 에스컬레이터에 올라탔다. 끝이 없는 에스컬레이터였으면 좋겠다 싶었다. 골치 아픈 일은 모조리 나중으로 미루고 싶었다. 그 기분은 다들 알 거다. 떠올리기는 싫겠지만.

바람과는 달리 에스컬레이터는 지체없이 모든 걸 지상으로 실어 올렸다. 얄궂게도 공기 좋고 볕도 밝은 풍경이 눈앞에 드리웠다. 기가 막힌 날씨였다. 몇 시나 되었을까 하고 휴대전화를 꺼내 들었다. 그때다. 듣고 있던 곡이 끝나고 다음 곡으로 넘어갔다. 그날 발매된 혁오의 앨범 마지막 곡, 'Goodbye Seoul'이었다. 볕 드는 지상으로 나와 쾌적한 공기를 들이마시는 순간 노랫말이 들려왔다. 뭐랄까, 마음은 무거워 죽겠는데 걸음은 가볍고, 슬퍼 죽겠는데 용기는 불끈 솟았다. 그 길로 '굿바이 서울'을 들으며 볕 받고서 당차게 걸었다.

I'll miss you I'll miss you
I'll miss you I'll miss you

Yeah I broached it, actually
Took a pill, now I'm a corpse
Not sure when was yesterday
Irritated by that place

A lot of thoughts seem to be in sleep
Might see the answer if I stay dazed
Are two years enough to cut this shit?
Seoul and me can't close our eyes

I'll miss you I'll miss you
I'll miss you I'll miss you

　그리워할 각오 없이는 무엇과도 작별하지 못한다. 그리워할 각오가 됐다면, 작별의 순간이 다가왔다는 신호다. 오랜만에 볕 쬐며 안락의자에 앉아 가을이와 이 앨범을 노래를 듣고 있자니 그날이 무지 선명하게 떠오른다. 좋은 글을 써야지 싶다. 나도 누군가에게 작별을 향해 당차게 걸어갈 용기를 주고 싶다. 건들거리며 시니컬하게 걸어간다면 더욱 좋겠지. 작별은 어렵고 또 불안한 거니까. 서울이든 부산이든, 사람이든 물건이든, 추억이든 감정이든 간에. 열심히 쓰다 보면 나도 어느 독자와 친밀도 94도를 이루는 사이가 될지도 모를 일이다.

부모님은 내가 여태 담담한 척 견뎌온 고통의 크기를 헤아려 주셨다. 다만, 서두르지 말라는 말씀은 하셨다. 비로소 지난 세월과의 작별까지는 오로지 내 몫만 남게 되었다.

아마도 마저 칠하려고
사는 게 아닐지

내가 읽은 소설에서는 누구도 스마트폰을 붙잡고 있지 않았다. 나처럼 하루를 헛되이 낭비할 생각에 기상을 미루는 일도 없다. 멋 없게시리 담뱃값이 아까워서 금연을 결심하지도 않는다. 무엇보다 아무리 삶이 불행해도 그 화를 악플이나 달며 해소하는 파렴치한 짓거리는 하지 않는다. 그런 일들은 현실에서나 일어난다.

우리가 살아가야 하는 세계가 바로 그 현실이라는 곳이다. 온통 흉측한 일들뿐이다. 달콤한 크림 같아 손가락을 푹 찍고서 보면 표백제, 레모네이드 같아 한 모금 쭉 빨면 단무지 국물. 황무지에 우물은 없고 죄다 똥간이다. 그러니 나로서는 가능한 한 현실 쪽은 쳐다보고 싶지 않다. 픽션을 위주로 바라보며 살아가고 싶은 거다.

그래서 나는 소설이 좋다. 읽는 것도, 쓰는 것도. 이렇게만 적으면 책을 무지하게 많이 읽는 것처럼 보이겠지. 실은 그렇지 않다. 소설 한 권을 빠르면 일주일에서 느리게는 한 달 동안 읽는다. 꾸준함을 논외로 치면, 매우 더딘 속도다.

가끔 좋은 소설을 만나면 지면 위의 활자들이 머릿속에서 살아 움직인다. 잉크가 지형과 지물을 이루고 색과 냄새, 생물과 영혼을 창조하는 것이다. 뿐만 아니라 기억과

망각, 갈등과 영감, 그러니까 지금 이 순간에도 우리 뇌에서 일어나고 있는 그 신비로운 작용들을 모두 재현해낸다. 이내 스스로가 그 안에 살아 숨 쉬고 있는 듯한 착각마저 든다. 마치 지면에 서술되어 있는 모든 것들이 지구 어딘가에서 실제로 존재하는 것만 같다. 종이 위에 묻은 잉크가 그런 일들을 해낸다. 경외해 마땅하다.

소설 속 주인공은 오직 서술될 가치가 있는 행동만을 하고, 읽힐 자격이 있는 생각만을 한다. 그렇기에 매력적이다. 그렇지 않은가. 허구 속 인물일지언정 현실의 누구보다도 나은 생이다.

반면에 나는 왜 이 모양일까. 어쩜 이렇게 싱거운 걸까. 타고난 기질이 그렇다. 이렇다 할 색깔이 없더라. 그래. 분명 타고나기를 그리 태어난 모양이다. 그렇다면 타고난 천성 따라 얌전히 살면 그만인데, 내겐 또 제법 예민한 구석이 있는지라 그게 어렵다.

언제부턴가 상투적인 걸 보면 경멸이 들끓는다. 평범한 건 싫어! 남들 다 하는 거 내가 왜 해! 하는 철부지 새끼가 되어버린 거다. 나는 내 주제를 모른다. 싱거워 빠진 놈이 별나고 싶어 한다. 앞뒤가 맞지 않는 얘기가 되려나. 정말로 싱거운 놈은 별나고 싶단 생각, 애초에 하지 않을 테니. 어쨌든.

어쨌든 난 늘 스스로를 덧칠할 화려한 색들을 갈망한다. 그런 내게 소설과 영화, 그리고 음악은 핵심적인 원동력 역할을 한다. 소설이나 영화를 보다 보면 스스로가 무의식적으로, 혹은 의식적으로 등장인물을 닮아간다는 걸 아는가? 난 그것을 무지 즐긴다. 등장인물의 매력적인 성향이나 습관 같은 걸 잘 기억해 두었다가 적재적소에 알맞게 꺼내 사용하는 거다. 그리고 잠깐 달콤한 착각에 빠진다. '얼쑤, 붓질이 한 번 오갔구나.'

한번은 어떤 분이 이렇게 물어왔다. "형준 씨는 우리가 왜 사는 것 같아요?" 그때 나는 적잖이 말문이 막혔는데, 곰곰이 생각하다 얼떨결에 이런 대답을 내놨다. "글쎄요. 아마 마저 칠하려고 사는 게 아닐까 싶은데. 어때요?" 질문자의 반응이 나쁘지 않았던 걸로 기억한다. 때로는 얼떨결에 뱉는 말이 가장 정답에 가깝다.

언젠가 소설이 쓰고 싶어져서 글 쓰는 요령을 알려준다는 책을 봤다. 책의 한 꼭지에서 말하길, 훌륭한 작가가 되려면 독자가 등장인물에 매력을 느끼게끔 해야 한단다. 매력적인 인물을 창조해야 한다는 거다. 역시 우연이 아니었다. 내가 소설 속 인물들에게 매력을 느꼈던 일 말이다. 어느 작가의 갈고닦은 실력이었고, 그러니 응당 필연적인 현상이었다. 그들은 등장인물에게 서술할 가치가 있는 생각만을 부여하고, 전개에 필요한 행동만을 허락한다. 소설가에게 그렇지 않은 부분은 실수다. 어쩌다 범했더라도 세심히 걷어내야 하는 실수.

그런 걸 배우고 나니 키친 테이블 노블*이랍시고 무턱대고 써 내려가던 소설이 쓰레기로 보였다. 내가 처음 쓴 소설에 등장하는 주인공은 어디가 살짝 모자랐다. 욕심도 없고 뭣도 없고, 자존심만 있었다. 그 쓸데없는 거. 그리고 나중에야 알게 됐다. 누구나 소설을 처음 쓰게 되면 자신도 모르게 자기 자신을 투영하게 되어 있단다. 제기랄. 중요한 건 안 챙기고 자존심 따위나 꼭꼭 품어왔으니, 영양가라고는 없는 생이었다.

삶이 무의미하다 느껴지면 한 번쯤 되돌아보는 게 좋다. 하루를 서술할 가치가 있는 생각과 행동으로 채워 나가고

---

*본업이 따로 있는 사람이 새벽동안 짬을 내 부엌 전등 아래에서 쓰는 소설 (사실 제 자취방에는 식탁이 따로 없었지만, 꼭 식탁일 필요는 없지 않을까요.) / 저자 주

있는지, 혹은 그렇지 않은지. 취미 삼아 소설을 써보는 것
도 좋다. 별 싱거운 삶을 살고 있다면 글에서 절절히 느껴
질 것이다.

오늘부터라도 소설의 한 구절이 될 만한, 영화의 한 장면
이 될 만한 생각과 행동을 하자. 사소한 거라도 좋지 않을
까. 시작은 아무래도 모방이 좋겠다. 좋아하는 소설이나 영
화가 있다면, 거기 등장하는 주인공을 천천히 따라다녀 보
자. 그의 습관이나, 취미, 표정 같은 걸 슬쩍 따라 해보자.
정평이 난 대작도 가느다란 붓질 한 번, 한 번에 의해 완성
되었다. 야금야금 칠해 나가다 보면 언젠가 가치 있는 삶이
라 느껴질지도 모르는 일이다. 누군가 당신에게 매력을 느
낄지도 모를 일이다.

비타민D +1
세로토닌 +1

면담 치료 중에는 그다지 공감이 가지 않는 얘기를 자주 듣게 된다.

지금까지 나는 우울증과 공황장애 치료를 위해 세 명의 의사 선생님을 만나왔다. 그 세 분에 대한 나의 견해는 각각 살벌하게 엇갈리지만, 정작 그분들은 나를 시종일관 미지근한 태도로 대해 주셨다. 매번 질문은 토씨 하나 틀리지 않고 일치하는 경우도 많다. 그러다 보니, 나중엔 누가 물었던 질문이고 누구한테 했던 대답인지 기억이 뒤엉키기도 했다.

나로서는 불만이 많지만, 사실은 면담 치료라는 게 어느 정도는 추상적일 수밖에 없다. 뼈가 부러지면 살을 째서 뼈를 붙인 뒤, 도로 꿰매면 되는데, 우울증은 마음의 병이니만큼 무슨 명쾌한 치료법이 있는 게 아니다.

그래도 그렇지, 공황 증상이 느껴지면 찬물을 마시라는 둥, 세수를 하라는 둥 그런 소리는 듣고 있으면 화딱지가 난다. 어느 날은 선생님께서 공황 증상에 카페인이 좋지 않으니 커피를 끊으라고 하셨다. 나는 물었다. 그렇다면 커피를 대체할 만한 것은 무엇이냐고. 돌아오는 대답은 비웃음 섞인 '그런 건 없다'였다. 그렇다면 저녁에 잠을 좀 잘 수 있도록 수면 유도제 처방을 보강해 달라 공손히 부탁드렸더니 아주 노골적으로 곤란해하셨다. 일단은 다음 주에 보자고 하시는데 그러고 싶지 않았다.

섣불리 약을 처방하는 것이 치료에 전혀 도움이 되지 않는다는 건 나도 알지만 나는 나대로 절박했다. 갑작스레 도드라진 변화가 무척이나 두려웠고, 그러니만큼 의지할 곳이 필요했다. 그는 그따위 표정을 지을 게 아니라 환자가 마음을 느긋하게 먹을 수 있도록 어떤 재치를 발휘해야 했다. 그것이 다름 아닌 상담 치료의 목적 아니던가. 그렇지 않아도 골이 아파 죽겠는데 내가 의사랑 기 싸움이나 하려고 병원에 다니는 게 아니었다. 그러니 일주일 뒤에 다시 와서 얼굴 붉힐 일 없이 그냥 병원을 옮겨버리는 게 최선이었다.

의사 선생님 세 분 모두는 입을 모아 꼭 밖으로 나가 자주 햇볕을 쬐라는 말씀을 하셨다. 같은 얘기를 세 번째 들었을 때는 또 성질이 났다. 도대체 다들 왜 저러나 싶었다. 햇볕 좀 쬔다고 머릿속에 온통 엉켜있는 사슬들이 퍽이나 술술 풀려 주겠냐는 말이다. 이건 뭐, 오줌이 급할 땐 조금씩 싸서 말리라는 식 같기도 하고, 염증이 생기면 소주를 마셔서 소독해야 한다는 식으로 들리기도 했다. 그런 논리면 와이파이 신호를 쬐면 정보처리 능률이 오르고, 블루투스 신호를 쬐면 감정 공유 능력이 향상되어야 한다. 왜, 그런 얼토당토않은 얘기들이 있다. 목에 가시가 걸리면 밥 한 숟갈을 꿀떡 삼키면 되고, 해장은 술로 해야 직방이다 같은 거. 여드름이 나면 좋아하는 사람이 생긴 거고, 신발 끈이 풀리면 누가 자기 생각을 하고 있는 거라든지. 다리 떨면 복 날아가고 빨간 글씨로 이름 쓰면 죽는다는 등.

나는 햇빛과 우울증 사이에 얽혀있는 어떤 연관성에 대해서 조금도 알지 못했다. 허나 의사라는 사람들이 하나 같이 입을 모아 하는 말이니만큼 결국은 새겨들을 필요가 있다는 생각에 다다른다. 집에 가는 길에 열심히 검색을 해봤다. 그 결과, 내가 필요 이상으로 냉소적이었다는 걸 알게되었다. 선생님들은 내게 역시 배우신 분들답게 지당한 말씀을 해주셨던 거다.

수십 년 전부터 과학자와 의사들은 햇빛에 대한 연구를 멈추지 않았다. 바쁘신 분들께서 왜 그러셨을까. 이유는 바로 햇빛이 인간에게 끼치는 이로움에 있었다. 알다시피 햇빛은 태양에서 지구로 들어오는 광선이다. 동아시아 한반도 남부에서 살아가는 우리에겐 두말할 것도 없이 흔하디흔한 존재. 생각해보면 햇빛만큼 흔한 게 또 없다. 근데 생각을 조금 더 해보면 그게 꼭 그렇지만은 않다.

흔히 햇빛은 하늘에서 쏟아지는 공짜 영양제라고 하는데 적절하지 않은 비유라 생각한다. 햇빛이 지닌 온갖 효능에 대해 살펴보면 그것을 고작 영양제와 견주기엔 지나치게 뛰어나다는 걸 알 수 있기 때문이다. 알아서 손해 보는 일은 아니지만, 이 책은 「우울보단 낭만이기를」이지 「햇빛의 101가지 효능」이 아니니 그 엄청난 효능에 대해서는 생략하자.

생략은 하더라도 비타민D와 세로토닌에 대해서만은 짚고 넘어가야겠다. 비타민D는 뼈를 튼튼하게 해주고, 면역력을 길러준다. 세로토닌은 암세포를 죽이는 물질과 엔돌핀을 생성한다. 여기서 요점. 우울증이 바로 세로토닌 수치가 떨어지는 현상이다.

볕만 쬐면 면역력에 항암 물질, 게다가 엔돌핀까지 챙겨준단다. 성행하는 코로나 바이러스와 일파만파로 늘어만 가는 우울증 환자들의 수를 헤아린다면 구미가 당기지 않을 수 없다. 이 좋은 걸 어찌 놓치겠는가. 효과도 죽이는데 날이면 날마다 공짜란다.

그런데 아이러니 한 일이다. 세상 사람들, 공짜라면 무지하게 밝히는 거로 알고 있는데, 어째서 국민건강영양조사 결과는 우리나라 국민 93%가 햇빛 부족 상태에 시달리고 있다 얘기하는 걸까.

아이러니한 일이라고 적었다. 그런데 조금 더 알아보니 하나도 안 아이러니한 일이었다. 햇볕을 쬐기 가장 좋은 시간대가 오전 10시에서 오후 3시 사이라고 하니 말이다. 알 만하다. 왜 국민의 93%나 되는 사람들이 햇빛 부족에 시달리고 있는지. 나 같은 휴학생 백수 한량도 생각보다 볕 쬘 기회가 없다. 그렇다면 이 사회의 튼튼한 부속품이 되어 맡은 바 성실하게 헤쳐나가고 있는 대부분의 사람은 오죽할까.

다들 바쁘다. 느긋하게 볕이나 쬘 여유 없다. 너도 나도 피곤해 죽겠다. 한가하게 공원 벤치에 드러누워 있기엔 점심시간은 녹록지 않다. 죽지 못해 퇴근 후 술 한잔 기울일 틈은 내더라도, 벌건 대낮에 볕이나 쬐고 있을 틈은 내기 어렵다.

내 경우엔 양심도 없다. 한가한 주제에 햇빛 부족에 시달리는 93% 쪽에서 톡톡히 한 몫 기여하고 있으니 말이다.

몸에 배어 버린 기이하고 난해한 바이오리듬 탓이다. 나의 생활 패턴은 정말이지 이렇게 살아도 되는 건지 싶을 만큼 근본이 없다. 패턴이라 부를 만한 규칙도 없는 것이 실상인데, 불규칙도 엄연히 규칙이지 않은가 하는 괴론을 펼치며 계속 그렇게 살고 있다.

그럼에도 아직은 젊은 덕분에 뼈도 성하고, 면역력도 그럭저럭은 된다. 날마다 하는 걱정도 한치 앞날에 대한 것들이지, 암에 대한 것은 아니다. 하지만, 세로토닌은 욕심이 난다. 극복하고자 하는 의지를 갖는 것 자체가 우울증을 이겨내기 시작했다는 증거라는 의사 선생님의 말씀을 떠올리는 거다.

그리하여 요새는 의식적으로 볕을 쬐기 위해 노력한다. 노력이라 해봤자 담배 피우러 나갈 때 볕 드는 자리를 찾아 불을 붙이는 게 전부다. 그런데 이게 참, 아직 2월이라 그런 건지, 아니면 우리 집이 고층 주상복합 오피스텔 단지라 그런 건지 몰라도 지상에도 통 볕이 들지 않는다.

볕을 쬐려면 공원을 하나 가로지른 뒤 길을 하나 더 건너 남의 아파트 단지까지 가야 한다. 그조차도 빌딩들 머리 사이로 겨우 삐쳐 나오는 가시광선 몇 가닥이 전부다. 그 몇 가닥 쬐려고 남의 아파트 단지에서 담배를 태우고 있으면 결국 우스운 꼴이 된다. 이게 지금 과연 잘 하고 있는 짓인가 싶어 고개가 갸웃거려지는 거다.

여하간, 그래도 눈을 감고서 볕을 쬐고 있으면 확실히 기분이 좋아진다. 정수리 위로 비타민D +1, 세로토닌 +1 하는 반투명 로그가 뿅뿅 떠오르는 것만 같다.

볕을 받으면 온갖 것들이 보기 좋다. 죽은 잔디도 볕 받으면 황금색, 낡아 녹슨 신호등도 볕 받으면 운치 있다. 허접한 아파트 건물도 볕을 받으면 태가 나지. 살아 숨 쉬는 것들은 더하다. 볕 받으며 일렁이는 머리칼, 볕 받는 미소, 볕 받는 눈짓, 볕 받는 포옹은 절로 미소를 일으킨다. 아, 가능하다면 고층 빌딩은 싹 밀어버리고, 세계의 모든 연인들이 오전 10시에서 오후 3시 사이에 밖으로 나와 볕과 함께 데이트를 즐겼으면 좋겠다. 그 정도 되는 세상이 온다면 내 머릿속에 엉켜있는 잡념쯤은 단번에 술술 풀려 줄지도 모른다.

여유는 챙겨가지 않아도
그곳에 많이 있겠죠
_속초1

가능한 한 이른 시일 내에 속초로 떠날 겁니다. 위아래 편하게 입고 가방엔 여행, 요양, 수련, 작업, 사랑을 챙겨서. 매달아 두었던 조잡한 키링들은 전부 떼고. 이를테면 자책, 결핍, 의심, 모순, 갈등 같은 거. 여유는 따로 챙겨가지 않아도 거기에 가면 많이 있겠죠. 이번엔 또 다른 좋은 게 있을지 모르니 최대한 오래 머무르는 게 좋겠어요.

강남 고속버스 터미널에서 출발해 속초 터미널까지 가는 길을 좋아합니다. 책은 무릎에 올려만 두고 '읽어야지. 읽어야지? 야, 읽어야지.' 하면서 인스타그램을 하고 있으면 어느덧 휴게소에 도착해요. 그제야 읽기 시작하죠. 읽다가 체력이 부칠 때 즈음엔 터널들이 마구 나타나요. 터널 속을 달리는 버스에는 딱 책을 읽지 못할 만큼의 어둠이 찾아오죠. 잠시 책에 손가락을 꽂은 채로 눈을 감아 보는 겁니다. 방금 읽은 문장을 한 번, 두 번 홀짝홀짝 음미해보는 겁니다. 으음, 이런 맛이군. 흐음, 그렇고 그런 게로군. 오호라, 이건 또 좋군. 하면서요. 그러고 있노라면 버스는 빛을 향해 내달려 터널을 통과합니다. 그러면 기다렸다는 듯이 읽다 만 줄을 찾아 다시 읽어 내려가요. 그러길 수 차례 반복합니다. 강원도로 향하는 길엔 응당 터널이 많으니까요.

목적지에 도착하기까지 여러 문장을 음미하게 됩니다. 평소 같으면 무심코 지나쳤을 대목이 대부분이죠. 버스가 터널에 들어서서 독서가 끊기게 되는 타이밍 같은 건 내가 어떻게 예상 할 수 있는 게 아니니까요. 언제 찾아올지 모르는 어둠. 어디서 끊길지 모르는 독서. 싫건 좋건 한동안 음미하게 될 문장들. 이따금 속초에 가고 싶게끔 만듭니다.

오는 길 내내 음미한 문장들을 품에 안고서 도착한 그곳은 조용한 동네예요. 안락한 숙소 옆에 큼직한 책방이 있죠. 10분만 걸으면 바다도 있어요. 나는 그 바다에 5번쯤 다녀왔는데 여태 이름도 모르고 있네요. 동행자로는 유쾌한 사람이 좋아요. 그렇지 않다면 밤바다 앞에서 한없이 우울해지니까요. 어쨌든 즐거운 시간을 보내고자 먼 길 떠났겠지요. 밤바다 앞이라 할지언정 우울보단 낭만을 느끼는 편이 좋습니다.

뇌가 녹아버릴 만큼
따뜻한 노래를 들어야 해요
_속초2

오랜만에 완전히 압도되었어요. 이렇게나 드센 파도는 흔치 않으니까요. 파도가 아득히 웅장한 소리를 머금고서 차례대로 밀려오는군요. 장엄한 광경입니다. 해변에 나 말고 다른 누가 또 있기를 바라며 자꾸 주위를 둘러보아요. 타인과 두려움을 공유함으로써 의지하려는 인간의 본성 같은 거겠죠. 하지만 여기에 나 말고는 아무도 없어요. 다만 저 먼발치에 등대가 있어요. 쟤도 나처럼 자꾸 두리번거려요.

무지하게 어둡네요. 밤바다의 파도는 덩그러니 앉아있는 나를 통째로 쓸어 담아가려 해요. 밀려왔다 부서지고, 사라지며 떠나가길 반복해요. 아닌 척 야금야금 전진해 와요. 모래를 쓸어 담는 거대한 손짓 같군요.

이 바다는 내 존재를 치명적 오점으로 여기는 듯해요. 까짓거 지워버리려고 중력과 힘 싸움을 하네요. 전 세계 통틀어 단 하나 오점이 나인 모양이죠. 정말 야단스럽네요. 나 하나만 사라지면 저 요란한 파도도, 바람도 싹 멎을 것 같아요. 해도 뜨고, 날도 개고, 사람들도 돌아오고. 정말로 그럴 것만 같네요.

바람이 무지 부는군요. 앞뒤에서 압박해오네요. 우습지

만, 움츠리고서 덜덜 떨고 있자니 나 자신이 어떤 막중한 역할을 맡은 것 같은 착각이 들어요. 파도와 바람, 그러니까 바다와 대기가 나를 노리고 있잖아요. 단지 엉덩이 붙이고 앉아 버틸 뿐인데, 대단한 거역을 하는 것 같아요. 개기고 있는 건 나니까 이대로 끝장나도 어쩔 수 없겠어요. 꿋꿋이 버티고 있을래요.

이윽고 이런 생각이 들어요. 시간이 멈춘 거 같다는. 파도도 바람도 등대도 전부 멈춰버린 시공간 속에서 아무런 의미도 없이 무한히 반복되는 풍경 같아요. 참, 관리자가 떠난 등대가 된 기분인걸요.

추워서 죽겠네요. 외롭고 무섭군요. 근데 왜 이렇게 떠나기 싫은 건지. 이 바다는 겁주면서도 놓아주지는 않네요. 나도 싫지 않아요. 영영 갇혀 버린다 해도 까무러칠 정도는 아니에요. 이어폰 꽂고 노래만 듣게 해준다면 말이죠.

손가락이 얼어서 꼬여있는 이어폰 줄 푸느라 애를 먹었어요. 어렵사리 귓구멍에 꽂았더니 그게 어찌나 차갑던지. 고드름으로 쑤시는 것처럼 골이 시리군요. 눈을 꽉 감고 버텨낸 뒤에 더 깊숙이 밀어 넣었어요. 우렁차게 부서지던 파도 소리가 멀어지네요. 저 앞에 부서지고, 옅어지고, 흩어지는 소리를 듣지 못하니 두려워요. 저 손짓이 내게 닿지 않음을 눈으로 보지 않으면 확인하지 못하는 거예요.

좋아요. 쓸어가라 하죠. 눈을 감으면 곧장 몇 미터쯤 되는 파도가 나를 집어삼킬 것만 같아요. 눈을 감습니다. 나는 이제 사라지고 천지는 평안을 되찾겠죠. 잘된 일이에요, 모두에게. 하지만 몇 초 못 가 눈이 떠져요. 역시 두려움은 힘이 센가 봐요. 얼른 뇌가 녹아버릴 만큼 따뜻한 노래를 들어야 해요.

모쪼록 앞으로는
더 잘해줄게

우리 집 막둥이 공주 가을이는 이제 네 살배기다. 예쁨 받으며 귀하게 자랐으니 엄연히 공주는 공주가 맞는데, 한 가지. 밖에 나가 뛰놀 기회가 흔치 않으셨다. 일이 그리된 데에는 다 이유가 있었다. 가을이가 실제로 점잖은 체면을 지켜야만 하는 천상 왕족의 운명을 타고났기 때문은 아니고, 단지 주인이란 작자가 터무니없이 소심한 성품을 지녔기 때문이었다.

가을이가 아주 어렸을 때는 그 작고 유순한 생물체가 남의 집 강아지에게 물려 찍소리도 못해보고 무지개 강을 건널까 걱정이 됐다. 가을이는 털도 검정색인데다가 몸집이 동갑내기 친구들에 비해 유난히 작았다. 어딜 봐도 눈에 띄는 구석이 전혀 없는 것이다. 나는 녀석을 무척 소중하게 여긴 나머지 심심찮게 들려오는 반려견들의 안타까운 사고 소식에 지나치게 귀를 기울였다. 때문에 나로서는 도저히 선뜻 산책 나갈 생각을 하지 못했다. 말마따나 도처에 무시무시한 위험이 도사리고 있다는데, 내가 한눈이라도 팔면 그때는… 하는 생각을 떨쳐내지 못했던 거다. 빈틈없는 보호자 역할을 잘 해낼 자신이 없었다. 하긴 제 인생을 이따위로 돌봤으니. 걱정을 할 만했다. 설상가상으로 요놈, 통 식욕이 없는 편인지라 몸집이 한 살배기 때랑 크게 다를 바

48

없다. 그렇게 가을이는 한 살 두 살 심심하게 나이를 먹어 가는데 이 우매한 주인 놈은 걱정을 그만두지 못했다.

그런데 올 초, 드디어 가을이에게 귀인이 나타났다. 한심한 주인 놈 대신 자신과 함께 뛰놀아줄 은인이 말이다. 그녀는 가을이를 직접 만나보기 전부터 참말로 예뻐라 했다. 내 근황보다 가을이의 근황을 더 자주 물었고, 내 사진에는 '좋아요'를 누르지 않더라도 가을이 사진은 그냥 지나치는 일이 없었다. 나도 그게 싫지는 않았던 지라 결국 시름 시름 앓던 근심을 그녀에게 털어놓았다. 우리 가을이가 밖에 나가 뛰놀지를 못해서 이렇게 덩치가 작은 모양이라고. 기운도 없고, 뭘 줘도 맛있게 먹지를 않는다고. 안쓰러워서 큰 맘먹고 데리고 나가면 통 적응을 못 하고 개, 사람 따지지 않고 죽어라 짖기만 하니 어쩌면 좋을지 모르겠다고. 이래서야 오래 못 살 것 같아서 속상해 죽겠다고. 그날, 나는 쓴소리를 많이 들었다.

그녀는 우리 집 막둥이가 미처 호기심을 품기도 전에 목줄을 채워 밖으로 데려 나갔다. 나는 한숨을 푹푹 쉬며 뒤따라 나갔다. 하이고, 짖기만 할 텐데 뭘 어쩌려고 저러시나 싶었다. 그런데 다시 생각해도 참 드라마틱 한 것이, 그

둘은 어느새 신나게 공원을 쏘다니고 있었다. 나랑 나올 때는 참말 몸이 공중에 뜨도록 우렁차게 짖어 대서 이거야 원, 기분 좀 풀어주러 나왔다가 평생 다리를 절게 생겼구나 싶어서 곤란했는데 말이다. 땡땡이 방울 목줄을 찬 가을이는 여전히 이따끔 짖었지만, 두 귀를 팔락이며 깡충깡충 뛰어다니는 모습이 꼭 영락없이 자지러지게 웃는 꼬마 아이의 표정 같았다.

그녀는 틈틈이 똑 부러지는 제재를 가함과 동시에 내게도 여러 가지를 일러주었다. 여기저기 다양한 냄새를 맡게 하는 게 좋고, 다른 강아지와 마주쳤을 땐 어떻게 하는 게 좋으며, 버릇은 어떻게 들이는 쪽이 좋은지 같은 것을 말이다. 이런저런 얘기를 듣고 나니 내가 우리 공주님 마음을 여태 너무 몰라줬다는 생각이 들었다. 무척 딱하고 미안했다.

집으로 돌아가기 직전에 가을이는 다른 개가 오줌을 갈긴 자리에 코를 가져다 대고 열심히 냄새를 맡았다. 그러다 갑자기 뒤에서 노상 멍청하게 고개만 끄덕이고 있는 내 쪽을 올려다보며 비실비실 살랑거렸다. 이그, 남 소변 냄새 맡는 게 그리 좋냐 싶으면서도 쫑긋거리는 귀 모양이며 삐쳐 나온 혓바닥이며 앙증맞아서 새끼손가락이 욱신거렸다.

그녀의 가르침 이후에 각성한 나는 얼마 안 가 가을과 산책을 잘할 수 있게 되었다. 여태 뭐가 그리 겁이 나서 하질 못했나 싶은 생각이 번번이 드는 거로 보아 나도 제법 산책 동반자로서 능숙해진 모양이었다. 둘이서 바깥을 나다니는 횟수가 거듭되면서 자연스럽게 가을이는 엄마, 아빠, 누나보다 나를 잘 따랐다. 여태 딱히 구분 없던 서열 체계에 이 우매한 놈을 떡 하니 맨 꼭대기에 올려준 것이다. 여러모로 그녀에게 감사하고 볼 일이다.

그녀가 내게 보내는
무한 애정의 눈빛

가을이와 둘이 하는 산책에 슬슬 적응해 나가던 무렵이었다. 에스컬레이터를 타고 아파트 단지에서 내려와 차도를 하나 건넌 뒤, 녀석이 왕! 달려들 요소가 없는지 살핀 후에 품에서 천천히 내려주었다. 가을이는 땅에 다리가 닿기 전부터 공중에서 다리를 열심히 휘저었고, 바닥에 착지하자마자 곧장 공원 수풀을 향해 토돗토돗 전진했다. 그 알량하고 하찮은 몸부림이 귀여워 나도 덩달아 신바람이 났다. 그래서 걸음을 경쾌하게 하려는데, 바로 그때. 저 앞에 둥그렇게 생긴 나무 벤치에서 음산한 기운이 마구 뿜어져 나오는 거다. '에이, 이 작자가 아무 말이나 막 하는 거 아니야?' 싶겠지만, 정말로 검푸른 기운이 마구 뿜어져 나왔다.

무서운 얘기 듣는 건 좋아해도, 필자는 근본적으로 시원치 않은 기백을 지닌 사내이다. 평소 같으면 못 본 척 신나게 놀았을 텐데, 하필 그 당시에 '연금술사'라는 소설을 재미나게 읽는 중이었다. 그 소설을 읽은 사람은 알겠지만, 세상의 온갖 지형지물이 마치 하늘이 내려준 표지처럼 느껴진 거다. 하긴 덩치는 코딱지만해도 발성 하나는 끝내주는 가을이도 옆에 있겠다, 사나이 최형준, 그깟 음산함 따위 피해 갈쏘냐, 하며 기죽지 않고 성큼성큼 걸어갔다.

역시는 역시, 역시였다. 내가 괜히 음산한 기운을 감지한 게 아니었다. 벤치 한가운데에 놓여있던 물체는 보통 요망한 것이 아니었다. 별안간 칼 세이건의 「코스모스」가 덩그러니 놓여 있었던 거다. 나는 그때 그 책의 존재를 처음 알았는데, 책의 두께가 실로 오싹한 기운을 풍기고도 남을 수준이었다. 사실 두께만 따지자면 그보다 더한 책들이 세상엔 많고, 심지어 내 책장에도 없지는 않았다. 허나 과연 그뿐이었겠는가? 표지에 그려진 검푸른 바탕과 은하인지 운하인지 모를 그림과 언젠가 유튜브에서 본 '우리가 모르는 우주의 소름 끼치는 진실'이라는 제목의 영상에서 들은 적 있는 '코스모스'라는 단어로 미루어 볼 때, 저 덩치 큰 책은 필히 과학 서적인 듯했다. 그것도 천체 물리학. 이과도 아니고, 그렇다고 문과도 아닌, 무려 무용과 출신인 필자로서는 완전히 주눅이 들 수밖에 없었다.

멀리서 볼 때는 말끔했는데, 가까이 다가가서 보니 책 주인의 유별난 우주 사랑이 절절히 느껴졌다. 나는 두 가지 사실에 소름이 쭉 끼쳤다. 첫째로는 저 두껍고 복잡해 보이는 책을 돈 주고 사서 읽는 이가 세상에 정말로 존재할까 싶었는데, 생각보다 가까이에 있었다는 것. 둘째는 그렇게나 우주를 사랑하고 학문을 갈구하는 분께서 용케 저 덩치

큰 책을 깜빡 홀린 줄도 모르고 집에 가버렸구나 하는.

당최 아무런 영문도 모르는 가을이는 얼른 놀자고 재촉
했지만, 나는 저 요물을 주워서 가질까 아니면 그냥 두고
갈까 고민했다. 그리고 결국은 그냥 가을이랑 놀기로 했다.
장난기를 빼고 말하는 건데, 건드리면 뭔가 골치 아픈 일이
생길 것 같았기 때문이다. 길에서 데스노트를 발견한 자의
기분이 그랬을까. 역시 다음 날 낮에 그 공원을 다시 찾았
을 때, 그 책은 이미 사라지고 없었다.

그런 일이 있고 난 뒤로 서점에만 가면 삼류 점쟁이가 쳐
준 사주팔자에도 등장하지 않는 '과학' 서적 코너를 기웃거
리는 일이 잦아졌다. 그건 필히 삼류 점쟁이도 깜짝 놀라서
'할렐루야!' 할 일이었다. 이상하게도 「코스모스」의 이미지
가 머릿속에서 떠나질 않았다. 그렇지 않아도 별의별 생각
이 다 들어 속 시끄러운데, 별안간 이유도 없이 자꾸 떠올
랐다. 그렇게 어느새 그 책을 죽기 전에 꼭 한 번 정독해야
하는 의미 있는 존재로 여기기 시작했다. 그래서 며칠 전부
터 잠자기 전 15분~30분 정도 「코스모스」를 읽고 있다. 아
직 5분의 1 정도 읽은 주제에 내리는 속단이지만, 읽다 보
니 상당히 유익할 뿐더러 여느 소설만큼 재미있게 읽고 있

다. 알면 알수록 더 알고 싶은 게 우주와 물리인 걸까. 허나, 책에서 다루는 내용이 워낙 광범위하고 한 페이지만 해도 쏟아내는 정보의 양이 방대해서 속도를 내 읽을 수 없다. 게다가 워낙 우량아여서 어디 들고 다니면서 읽을 수가 없는 노릇이다. 나는 전철이나 카페 같은 약간 어수선한 곳에서 더욱 집중을 잘하는 편인데 말이다. 그런 걸 들고 다니면서 읽으면 폼도 조금 나겠고, 팔 근육도 조금 생기겠지만, 수고스럽기가 까무러쳐 우리 동네 괴짜 박사님을 따라서 공원에 책을 버리는 죄를 나도 범하게 되지 않을까 싶다.

매일 밤, 잠들기 전에 몽롱한 정신으로 칼 세이건을 따라 미지의 우주를 탐닉하다 보면, 참으로 묘한 기분에 사로잡힌다. 드넓은 우주에 비하면 나 자신이 티끌의 티끌의 티끌보다도 작은 존재임을 깨닫고 새삼 허탈함을 느끼는 것이다. 고작 벤츠를 새로 뽑았다는 친구에게 얻어맞는 상대적 박탈감이 그리도 강력한데, 150억 살 먹은 우주는 어떻겠는가. 만약 무인도에 이 책을 들고 간다면 자살할 때 무척 도움이 될 거다. 반면, 이 책은 우주에 비해 인간 개인은 하등 먼지도 못 된다는 사실을 알려주면서도, 그렇기에 나름의 의미를 찾아가며 살아가고 있는 우리 자신이 얼마나

고귀한 존재인지를 똑똑히 짚어준다. 요컨대 두려움과 안식이 공존하는 책인 것이다. 아무것도 아니라는 '두려움', 그렇기에 가치 있다는 '안식', 그 두 가지 의식이 내 영혼을 서로 잡아당겨 두 갈래로 찢어 놓으려 할 때, 가을이가 내게 보내는 무한 애정의 눈빛은 어느 한 쪽에 크나큰 힘을 싣곤 한다.

-

그저 터무니없는 우연을 퍽 오묘한 현상이라 여겼다. 생각해보면 촌스러운 짓이지만, 하늘이나 외계인, 혹은 귀신이 나더러 꼭 한 번 읽으라고 책을 거기다 둔 거라 생각하는 쪽이 꽤나 재미났다.

실패에는 분명 미학이 있다

필자의 옷장에는 귀한 가죽 재킷이 한 벌 있었다. 스무 살이 되기 직전에 구매했던 것인데, 열아홉 살 남자애한테는 어울리지 않는 어마어마하고, 무시무시하게 비싼 재킷이었다. 당시 나의 주머니는 오로지 부모님과 누나에게 받는 용돈으로 운영되었고, 그 재킷은 앞서 말했듯이 용돈을 야금야금 모아서 살 수 있을 만한 값이 아니었다. 결론부터 말하자면 대학에 합격했다는 그 알량한 성과를 대서특필하여 기어코 엄마에게서 카드를 받아내 구입했다. 입시에 성공한 것 말고는 한평생 그만한 값의 옷을 선물 받을 만큼 잘한 짓이 없었던 거다.

내가 비록 경제 관념은 엉망이지만, 양심은 있었다. 그리하여 카드를 긁으며 앞으로 내 인생에 다른 가죽 재킷은 없으리라 다짐을 했다. 그렇게 다짐을 지켜내고자 무지하게 아껴 입었다. 삼 년이 넘도록 열 번도 입지 않았다. 엄마는 봄가을만 되면 입지도 않을 걸 뭐더러 샀느냐고 나무라시는데, 그때마다 나는 그저 조용히 고개를 가로저었다. 옷장 한켠에 걸려있는 그 재킷이 내게 선사하는 어떤 안정감 같은 걸 엄마는 전혀 모르기 때문이다.

그 잘빠진 재킷은 내게 숨겨둔 총알 한 발과 같았다. 불

과 얼마 전까지 내가 어디 가서 떵떵거리며 내세울 거라고
는 다니던 대학 이름뿐이었다. 그러니 그 이름을 명분으로
손에 얻은 가죽 재킷은 응당 상징적이었다. 그 재킷을 아끼
고 아껴 입으며 나는 이런 생각을 했다. '내 삶은 여전히 저
비싼 가죽 재킷을 전당 잡을 정도는 된다. 그러니 너무 기
죽지 말자.'

헌데, 그 상징적인 가죽 재킷은 예상치 못한 사건으로
인해 비극적인 최후를 맞이한다. 가을이가 일으킨 일생일
대 단 한 번의 말썽 덕분이었다. 그 사건은 오늘날에 이르
러 내게 실패에는 분명 나름의 미학이 있다는 사실을 가르
쳐 주는 발단이 된다.

봄이었고, 주말이었다. 바깥엔 벚꽃이 만개했다. 가을이
는 그 산책하기 좋은 날, 혼자 남아 쓸쓸히 집을 지켜야 했
다. 나를 포함한 가족 모두가 완연한 봄을 만끽하기 위해
각자 외출을 나선 거다. 모두가 떠난 뒤, 거실에 혼자 남은
가을이는 그날따라 유독 외로움을 탔던 모양이다. 예컨대,
'이렇게 귀여운 나만 놔두고 가긴 어딜 간다고…' 하지 않
았을까. 천성이 유순한 가을이는 처음엔 그저 한숨만 푹푹
쉬었을 거다. 그러는 사이 해는 지고, 밤이 찾아온다. 기다

리고 기다리던 녀석은 결국 심술이 잔뜩 나버리는데.

　모두가 늦는 모양이었다. 내가 일등으로 귀가했다. 흔치 않은 일이다. 현관으로 들어서자 평소 같으면 냉큼 달려와서는 제자리를 빙글빙글 돌았을 녀석이 저 멀리 서서 애꿎은 허공에 발길질을 하고 있었다. 아이고, 우리 애기. 심심해서 삐쳤다고 생각했다. 옷부터 갈아입고 얼른 맛난 걸 줘야지 싶었다. 그렇게 나는 방으로 들어가 불을 켰고, 비극의 열차는 이미 승강장을 떠났다는 사실을 깨달았다. 조금 전까지 콧김을 홍홍 불며 성을 부리던 녀석은 어느새 침대 밑으로 들어가 꼬리를 딱 말고서 고개만 슬쩍 내밀고 눈치를 봤다.

　녀석은 애기 때도 한 번도 하질 않던 입질을 세 살이 돼서야, 그 완연한 봄에, 그것도 하필 나의 소중한 가죽 재킷에(!) 내리퍼부었다. 기습 공습을 받은 시민들의 심정이 이러했을까. 나는 소리 없는 외마디 비명을 질렀다. 현장은 참혹했다. 내게 안일한 합리화를 제공해주던 그 상징적인 재킷은 물에 불은 골판지 마냥 너덜거렸다. 침대 밑으로 들어간 녀석은 슬쩍 내밀고 있던 고개마저 집어넣고서 한참을 밖으로 나오지 않았다.

재킷이 구제 불능 수준으로 망가졌다는 사실을 인정하고 나자 엄청난 상실감이 밀려왔다. 이렇게 갑작스레 가실 줄 알았으면 아껴 입을 일이 아니었다. 적어도 한 달에 한 번, 아니 최소한 일주일에 한 번, 아니 하루에도 두 번 입었어야 했다. 상실감은 좀처럼 해소될 길을 찾지 못했다. 가해자를 혼낼 수조차 없었다. 더도 말고 덜도 말고 딱 한 번의 말썽이었으니 말이다.

가을이를 향한 원망은 곧 방향을 틀어 나 자신을 향한 원망으로 번져갔다. 평소처럼 옷장에 있었다거나, 입고서 외출을 했더라면 유혈사태는 일어나지 않았을 거다. 나는 그날, 방문을 나서기 직전까지도 그 재킷을 입고 있었다. 하지만 저녁 비 소식을 의식하고는 행여 가죽이 상할까 외출 직전에 다른 외투로 갈아입었다. 그렇게 내가 떠난 방에는 침대 머리맡에 대충 던져둔 가죽 재킷과 심술이 나기 전인 가을이만 남게 된 것이다.

가을이는 전략적으로 매우 훌륭한 타깃을 공략했다. 불만을 표출하기에 더할 나위 없이 좋은 표적이었다. 쪼끄만 녀석이 그런 엄청난 저력을 숨기고 있을 줄도 몰랐다. 무척 의외였다. 귀엽기만 하고 살짝 바보인 줄 알았는데, 여러 의

미로 나보다 나았다. 그런 일이 있고 난 뒤로는 서로 일정
을 물어가며 가을이를 오랫동안 혼자 내버려 두는 일이 없
도록 신경을 쓴다. 상실의 쓴맛은 지독했어도, 가을이에게
는 결과적으로 잘된 일이었다.

알다시피 삶이란 어렵다

봄날의 시련 이후, 시간은 흘렀다. 그리고 최근, 웹 서핑 도중에 나의 두 번째 가죽 재킷이 될 자격을 갖춘 후보자를 발견했다. 그리 비싸지 않은 데다 마음에 쏙 들었다. 전체적인 실루엣은 튀는 곳 없이 말쑥했다. 마침 살이 조금 빠졌는데, 마른 체격 위에서 특히 빛을 발할 물건이었다. 그 재킷을 걸치고 베를린의 어느 공원에서 시간을 보낼 상상을 하고 있으면 지갑이 혼자서 입을 벌렁거렸다.

나도 이젠 최소한의 경제력은 갖췄으니 평소 같으면 덥석 구매했을 터다. 하지만 나는 신중하기로 한다. 여태 자행해온 무책임한 소비생활에 깊이 반성을 하던 찰나였기 때문이다. 잠시 핸드폰을 내려놓고 '참을 인' 자를 세 번 그렸다. 옛말에 '참을 인' 자가 셋이면 살인도 면한다고 했다. 사놓고 두 번은 입지 않은 옷들을 떠올렸다. 그럴 리 없다며 구입해서 세 번은 입지 않은 옷들도 떠올렸다. 확실히 나는 돈 낭비만큼은 소질 있었다.

결론적으로 나는 딱 하룻밤의 유예기간을 갖기로 타협한다. 자고 일어나서도 여전히 갖고 싶다면, 그때는 망설이지 않고 사기로 한 것이다. 그러나 나는 알고 있었다. 자고 일어난다고 해서 그 매력적인 재킷의 존재를 잊어버리는 일

따위 일어나지 않는다는 사실을. 사실상 결제일을 오늘에서 내일로 미뤘을 뿐이다. 아마 그저 양심의 가책을 덜기 위한 편법이었겠지. 왜 아닐까, 나는 잠자리에 들기까지 재킷 안에 받쳐입을 여러 착장을 구상했다. 상상 속에서 그 재킷은 가죽의 숨이 죽어 더욱 나와 잘 어울렸다.

그리고 다음 날 아침, 내가 마주하게 되는 건 'Sold out'. 그 짜증스러운 문구가 유독 단호하게 보였다. 아니, 사람들은 어째서 그 시퍼런 새벽에 옷을 사야 했을까.

나는 시도해보고 절망하는 쪽이 해보지 않고 후회하는 것보다 훨씬 나은 선택이듯이, 지르고 후회하는 쪽이 입어보지도 못하고 절망하는 쪽보다 낫다는 진리를 깨닫는다. 그리고 며칠 뒤, 어김없이 미친 듯이 매력적인 자태를 한 다음 후보자가 나타나는데.

일전에 실패를 통해 얻은 교훈은 나로 하여금 결제를 서두르게 했다. 지갑을 여는 속도가 서부의 총잡이가 총을 뽑는 속도보다도 빨랐다. 비록 급하게 주문서를 작성하느라 도로명을 잘못 기입하는 실수를 범하지만, 새 가죽 재킷은 순탄히 내 품에 안겼다.

언박싱의 순간은 장엄했다. 조심스레 꺼내 몸에 걸친 뒤,

거울 앞에 섰다. 이리저리 돌아보았다. 짝다리도 짚어보고, 팔짱도 껴보았다. 지퍼를 끝까지 올리고서 춥다는 듯이 어깨를 움츠려 보기도 했다. 그보다 더 마음에 들 수는 없었다. 벙벙하면서도 타이트한 실루엣은 체격을 커버해주는 동시에 몸집이 둔해 보이지 않게끔 했고, 레이싱 재킷을 닮은 넥 라인은 스포티한 인상을 풍겨 범용성을 갖췄다. 카라 언저리서부터 어깨를 타고 소매까지 이어지는 두 줄의 흰 양피 가죽은 마치 활주로를 연상케 하고, 견갑골서부터 수평으로 이어지는 재봉선은 이 재킷이 디자인뿐만 아니라 활동성까지 고려한 물건 중 물건임을 의미했다.

나는 그 재킷을 요즘 무지하게 즐겨 입는데, 노란 머리를 하고서 이 멋진 재킷을 입고 있으면 제법 기분이 난다. 비로소 100%의 가죽 재킷을 만나고 보니 스무 살 무렵에 구매했던 재킷은 영 고리타분하게 느껴졌다. 품절된 사실을 알고 이불을 걷어찼던 그 재킷은 돌이켜 보니, 지나치게 유행을 타는 디자인이었다.

따라서 일전의 시련과 실패는 이 완벽한 가죽 재킷과 만나기 위한 시행착오에 불과했다고 말할 수 있겠다. 가을이가 그 봄날에 심술을 부리지 않았더라면, 내가 별 의미도 없이 결제를 하루 미루지 않았다면, 우리는 아마 만나지 못했겠지. 이런 거, 실패의 미학이 아니고서야 뭘까. 내가 이런 말을 해봤자 얼토당토않게 들리겠지만, 겪어보니 그렇다. 크고 작은 실패는 항상 나름의 미학으로 귀결되었다. 실패라는 거, 마냥 두려워만 한다면 그 또한 부질없다는 얘기다. 그런데 또 실패를 두려워하지 않는 것은 자학에 불과하지 싶다. 알다시피, 삶이란 어렵다.

황금비

잠간 신경을 집중하면 나의 감각은 9,000km를 비행하며 이코노미 좌석에 앉아 프랑수아즈 사강의 「브람스를 좋아하세요...」를 읽기 시작해. 그러다 씁쓸해져 눈을 붙이면, 안개가 걷히고 수면 위로 무언가 떠오른다.

주황빛으로 물든 파리의 저녁. 골목 골목이 선명하게 눈앞에 나타나. 정각이 되면 에펠탑이 반짝이고, 성당의 종탑에선 종이 울려. 발코니에 담배를 피우러 나온 연인들은 눈을 가까이 마주한 채로 나직하게 대화를 나눠. 그 실루엣을 올려다보며 아, 저거 낭만이다, 하며 넋을 놓지. 춥고 습한 공기가 양 뺨을 휘감아. 얄궂게도 매일 흐리기만 하던 잿빛 하늘에서 빗방울이 떨어져. 빗줄기는 점점 굵어져 이내 나를 모두 적신다. 오들오들 떨면서도, 괴롭지는 않아. 비에 젖은 피부는 주변의 강처럼 주황빛으로 물들어 부드럽게 일렁이지. 낭만에 취한 눈동자는 그중에서 가장 밝게 빛날 거야.

속옷까지 흘딱 젖고 나서야 정신을 차린 나는 비를 피해 어딘가를 향해 이동하기 시작해. 어디선가 둔중한 기타 리프가 들려오고, 거기에 드럼과 피아노가 차분하고 얌전하게 섞여들어. 여행 내내 들었던 Bahamas의 〈All I've ever known〉. 쓸쓸한 멜로디와 내 감성적 풍요로움은 서로 맞부딪혀 소용돌이쳐. 깊은 선율로 뒤엉킨 소용돌이는 심상 깊숙한 곳을 강타해 삐쭉 빼쭉 온갖 감정들을 자극하지. 무던히 대립해 온 감정들은 결국 조화로운 방향으로 타협을 보는데, 혼란의 소용돌이는 저 너머에서 느긋이 넘실거려. 후에 이들의 타협은 내게 아주 소중한 자산이 될 거야. 언젠가 그 음악에 춤을 출지도 몰라

한쪽 귀로는 음악을, 다른 귀로는 알아듣지 못하는 언어를 들으며 매일 수만 보를 걸은 두 다리는 지쳐도 멈추는 법을 모른다. 구두 안에서 피를 본 발이 비릿한 통증으로 항의해도, 주인은 들은 체도 하지 않아.

우린 당돌한 방랑자이며 이방인. 길쭉한 바게트나 번들거리는 크루아상 한쪽 대신에 차가운 맥주 한잔을 담배와 곁들여 마시는 우리는 동양에서 온 아류 히피. 한눈에 봐도 가진 게 없어 집시들의 타겟이 되지 않는 아류 집시. 오히려 무방비로 무장한 우리들. 핸드폰만 단단히 쥐면 나머진 털려도 어쩔 수 없지 싶은 희대의 쿨가이들. 카페 테라스에는 아늑한 전열기가 켜져 있지만, 우리의 입에선 시시한 대화와 곁들인 담배 연기가 풍성하게 뿜어져 나온다. 밤

71

이 채 깊어지기도 전, 상점들이 문을 닫기 시작하면 굶주린 배와는 별개로 울렁거리는 욕지기가 찾아온다. 조금 더 이곳에 스며들고자 평소에는 많이 피우지도 않는 담배를 끊임없이 피워댄 탓에. 그 아름다운 저녁과 새벽에 속절없이 지불한 수명은 서점에서 쓰는 책값처럼 아깝지가 않아. 만만치 않았다 해도.

아직은 당장 손에 잡힐 듯 선명한 기억이지만, 갈수록 희미해져 간다. 측두엽은 기억을 편집하고 편집하다 마침내는 썩 많은 걸 남겨두지 않겠지. 그 황량한 정취를 느끼기 위한 과정은 점점 더 복잡한 절차를 요구하면서도 이전만큼의 향수를 일으키지는 못하겠지. 이내 기억 속 세계에 내리는 비에 속옷까지 젖기란 아예 불가능해질 거야. 어쩔 수 없는 일이라지만, 허망하다. 노스텔지어는 역시 통증에 가까운 걸까.

밸런스가 좋은 여행이었어. 피타고라스와 세계의 많은 예술가를 사로잡은 황금비가 떠오를 만큼. 얻은 것과 내려놓은 것의 비, 1 : 1.618. 과감하게 뛰어든 일탈과 소소하게 누린 안주의 비, 1 : 1.618. 눈으로 담은 풍경과 기록을 남긴 풍경의 비, 1 : 1.618. 길을 잃는 두려움과 헤쳐나간 즐거움의 비, 1 : 1.618. 다만, 알아들은 말과 얼떨결에 고개만 끄덕인 문장의 비는 1 : 99.

크고 작은 황금비 덕에 억척스럽지 않은 템포를 구축할 수 있었어. 뭐랄까, 조급함을 덜어낸 거지. 느릿느릿 굼뜬 유럽에서 '빨리빨리'의 대표주자인 한국인으로서 자주 얼굴을 붉혔지만. 어쨌든 삶이란 너도, 나도 0에서 100으로 가는 길. 그 길을 걷거나 뛸 때 이 페이스를 지켜나간다면 넘어지거나 쓰러질 일은 없을 것 같다. 그게 정확히 뭐냐고 묻는다면 그 유명한 '1 : 1.618'이라는 대답밖엔 못 하겠지만.

시계의 낭만

글 쓸 땐 세이코를 찹니다.
운동할 땐 페라리를 차고,
외출할 땐 오메가를 찹니다.
이건 시계 얘기입니다.

글 쓸 때 차는 금색 러그 오토매틱 세이코는 동인천 골동품 장터에서 다섯 장을 주고 샀습니다. 처음엔 열 장을 부르신 걸 절반이나 깎았습니다. 절반이나 깎는 흥정이 그다지 어렵지 않았으니 아마 이 시계의 값어치는 다섯 장 미만일 가능성이 큽니다. 혹은 시계상 아저씨에게 손해를 보더라도 당장 현금이 필요한 사정이 있었을 수도 있습니다. 차라리 전자가 사실이길 바라며 그 이상 깎으려 들지 않았습니다. 그래 봐야 서로 좋을 게 없습니다. 시계를 사고파는 일에 평생을 바쳐온 시계 영웅들이 하나둘 거리를 떠나고 있다 합니다. 나는 앞으로 십 년은 더 다양한 시계들을 구경하고 싶습니다.

오토매틱 시계는 주인이 하루만 다른 걸 차거든 곧장 파업에 들어가는 상당히 까탈스러운 물건입니다. 손목에 차고 살살 달래 주지 않으면 덜컥 숨을 참고는 다시 관심을 줄 때까지 버팁니다. 하룻밤 소홀에 생사가 오고 가니 주인으로서 매번 묘한 기분에 시달리게 됩니다. 그래서 언젠가 다짐을 하나 했습니다. 이 자주적이지 못한 시계를 차고 매일 글을 쓰기로 한 겁니다. 지켜진다면 시계는 멈추지 않을 것이고, 새 원고가 매일매일 쌓일 것입니다. 하지만 나는 결코 글을 매일 쓰는 위인이 되지 못합니다. 노상 해온 다짐이 그랬듯이 이번에도 지키지도 못 할 약속이었습니다. 그래도 말은 꽤 근사합니다. 시계가 멈추지 않도록 매일 글을 쓴다니. 사실 그거면 된 겁니다. 때로는 지켜지지 않을 약속도 의미를 갖습니다. 왜 아니겠습니까. 나는 그 근사한 약속 덕에 글을 쓰지 않고 며칠을 보내고 나면 뼈저린 반성을 합니다. 이거, 진짜 한 번 바늘이 멈추고 나면, 제시간으로 돌려놓기가 어지간히 힘듭니다. 바늘을 조작하는 용두가 작고 뻑뻑한 탓입니다. 시간에 날짜, 요일까지 정확히 세팅하려고 하면 절벽 끝에 매달린 애인의 앞머리를 검지와 엄지만으로 붙들고 있는 것만 같습니다. 정말로 반성이 됩니다.

그래도 왠지 이 시계를 차면 글이 잘 써지는 기분이 듭니다. 전 주인이 필력 좋은 기자였고, 그 기운이 시계에 고스란히 배어 내게 온 게 아닐까 하는 야릇한 상상을 가끔 합니다. 필히 망상이겠지요. 만에 하나 사실이었다면 역시 글을 이것보단 잘 썼겠지요.

운동할 때 차는 은색 베젤 페라리는 이탈리아에서 사 왔습니다. 대학교 2학년 겨울이었는데, 공연을 위해 시칠리아로 날아갔습니다. 어쩌다 보니 도착하자마자 무지 독한 독감에 걸렸습니다. 가만히 누워 숨을 쉬는 것만으로도 괴로운 와중에 이틀 간 3회 공연을 소화해내야 했습니다. 한 시간 반짜리 갈라 공연에 내가 맡은 캐스팅은 4가지나 되었습니다. 녹슨 기관지로 무거운 몸을 띄우고 굴리고 날리고 했습니다. 고생 찔찔이 했습니다. 돌아오는 길에 도저히 스스로 선물 하나 해주지 않을 수 없었습니다. 한국으로 돌아오는 길, 경유하는 길에 들린 로마 공항에서 마지막 기회가 주어집니다. 이륙 시간 전까지 40분 정도 각자 흩어져 끼니를 해결하라는 지침이 떨어진 겁니다. 동료들이 게걸스레 피자를 몇 판씩 해치울 동안, 혼자 좀비처럼 돌아다닌 결과, 큰맘 먹고 스물 하고도 몇 장 더 치러 페라리 시계를 손목에 걸었습니다.

운동할 때 이 페라리를 차는 이유는 세이코와의 근사한 약속에 비하자면 다소 한심합니다. 나는 차에는 별 관심 없거니와 스포츠카라면 더더욱 아는 게 없습니다만, 역시 그런 게 있습니다. 페라리의 노란 마크를 보고 있으면 어딘가 왈칵 뜨거워지는. 앞발을 추켜든 흑마의 실루엣을 보고 있으면 강렬한 무언가 치밀어 오르는. 방문에 설치한 턱걸이 봉에 매달리기에 앞서 마음속으로 우렁찬 엔진음을 한 번 듣고 가는 겁니다. 요란한 소음에 비해 운동량은 초라하지만. 어쨌든 나의 스승들은 하나같이 입을 모아 이런 얘길 했습니다. 마지막 한두 개가 알짜배기라고. 끝이다 싶을 때, 한두 개 더해야 느는 거라고. 처음엔 그저 디자인이 스포티하다는 이유로 찼지만, 턱걸이든 푸쉬업이든 마지막 한두 세트 더하려고 항문을 쥐어짤 때, 심연 속 페라리의 엔진음은 정말로 도움이 되더랍니다. 무용을 그만둔 지 언 2년이 지났어도 아직까지 군살이 붙지 않은 거, 과장 조금 보태 전부 이 시계 덕분일지 모릅니다. 최근 영화관에서 〈포드 V 페라리〉를 봤는데 역시 페라리를 응원한 건 나 하나뿐이겠지요?

마지막으로 오토매틱 오메가 시마스터입니다. 이 시계는 고구마를 닮았다고 해서 별명이 고구마입니다. 예쁘게 잘생기기만 했는데 어디가 고구마인가 해서 시계를 잘 아는 어르신께 물어봤었는데, 글쎄 그게 그냥 둥글둥글해서 고구마랍니다. 잠시 멍해지는 대답이었습니다. 고구마보다 둥근

채소는 얼마든지 많을 텐데요.

할아버지가 아버지에게 물려주셨고, 그걸 제가 몰래 한 번씩 차고 다녔더니 자연스럽게 내 것이 되었습니다. 지금도 100만 원 안팎으로 거래되는 모델이지만, 내 것은 아마 그렇게까지는 받지 못할 겁니다. 용두가 빠져서 없기 때문입니다. 무브먼트 자체는 팔팔해서 초침, 분침, 시침 전부 잘 돌아가는데도 불구하고 용두가 없으니 정확한 시간을 가리키지 못하고 있습니다. 맷돌 손잡이를 어이라고 하는데, 맷돌에 뭘 집어넣고 돌리려 했더니 손잡이가 빠졌습니다. 이런 상황을 어이가 없다고 합니다. 황당합니다. 아무 것도 아닌 손잡이 때문에 해야 할 일을 못 하니까. 지금 이 시계가 그렇습니다.

우리 할아버지는 6·25전쟁과 월남전에 참전하셨습니다. 돌아오실 땐 두 발의 총상을 전리품으로 안고 오셨지요. 6·25 땐 등에, 월남 땐 다리에. 그런 우리 할아버지 시계입니다. 그러니 나도 이 시계를 차면 전쟁만큼 큰일이 아니거든 기죽을 필요 없다 이겁니다. 내가 이 오메가를 차고 있거든 아무도 까불지 않는 게 좋습니다.

일전에 나는 「몸이 두둥실 떠올랐다」라는 소설에 이런

문장을 지었습니다. 멈춘 시계도 하루 두 번은 맞지만, 틀린 시계는 영원히 어긋난 채로 돈다고. 그 소설은 이 용두 없는 오메가에서 파생되었다 해도 과언이 아닙니다. 나이를 꽤 먹은 시계라 부품을 구하기도 어렵습니다. 용두를 달려면 기술자에게 외주를 맡겨 부품을 하나 새로 깎아 만들어야 하는데, 그 비용이 만만치 않다고 합니다. 두고 보면 내삶이 약간 그렇습니다. 뭔가 하나 빠진 건지 줄곧 어긋난채로 돌고 있습니다.

이처럼 내 시계들은 구구절절 나름의 서사가 있습니다. 들어주는 사람만 있다면 이런저런 얘기를 늘어놓으며 적적한 한때를 거뜬히 날 수도 있을 겁니다. 하지만 진열대에 올려 두고 세간의 시선으로 바라보거든, 깨끗이 닦아 광을 낸들 그다지 귀한 물건은 못됩니다. 내 걸 전부 합쳐도 빈티지 롤렉스 하나와 바꿔줄 은인, 세상엔 없습니다. 만약 누가 바꾸겠다고 나타난다면 나조차 속으로 호구를 하나 낚았다며 만세를 삼창할 겁니다. 뭐, 알고 보면 역시 짝퉁이겠죠.

말은 이렇게 했어도, 실은 나부터 내 시계들을 롤렉스하나와 바꿀 생각 고양이 발톱 때만치도 없습니다. 시계 판에 박힌 'ROLEX' 로고가 전부라면 도무지 무슨 재미가 있다고 그걸 바꾸겠습니까. 비싼 명품 시계는 분명 그 이름 자체만으로 서사가 가득한 법이지만, 돈으로 사는 낭만에 무슨 대단한 재미가 있겠습니까.

롤렉스라고 해서 다 똑같은 롤렉스가 아니기에 머지않아 적당한 것으로 하나 장만할 계획입니다. 그러니 이렇게 미리 덧붙이는 게 좋겠습니다. 명품으로 온몸을 휘감은 이들이 느끼는 알량한 허영심마저도 과시가 전부가 아닌, 스스로를 사랑하기 위함이라면 그건 그것대로 낭만일 수밖에 없다고. 재수 없다고 흉볼 거리도, 진짜로 재수 없게 우쭐할 거리도 없다고.

폼은 영화로 배우고
소신은 소설로 배운다

지문 1. 비를 맞고 서 있는 주인공이 어떤 결심을 한 뒤
　　　뒤돌아 뛰기 시작한다.

영화에 한 장면이라면 위 지문에 러닝타임을 1분 이상 부여하는 건 무리일 것이다. 그렇다는 건 관객이 이 장면을 받아들이는데 주어지는 시간 또한 1분에 못 미친다는 얘기다. 다만 영화는 1분 안에 시각과 청각을 동원해 전달할 수 있는 최대치를 관객에게 전달한다. 보여줘야 할 것들을 보여주는 거다. 주인공이 내뿜는 입김을 통해 날씨가 춥다는 사실을 전달하고, 거칠게 오르락내리락하는 가슴을 보여줌으로써 주인공의 폐가 활발히 운동하고 있음을 전달한다. 젖어서 안면에 들러붙은 머리칼은 주인공이 땀을 흘렸거나 비를 맞았음을 의미하고, 그가 걸음을 떼기 직전 클로즈업되는 주인공의 표정을 통해 그의 심리 상태를 엿볼 수 있다.

반면 소설은 서술할 가치가 있다면야 지면은 얼마든지 할애할 수 있다. 들려줘야 할 것을 들려줌으로써 독자 스스로 상상력을 동원하게끔 만드는 것이다. 주인공이 맞는 비가 북반구에서 온 비인지 남반구에서 온 비인지, 주인공의 활발한 폐 운동이 혈액을 과연 신체 어디까지 운반하고 있

는지, 주인공의 결심을 도모한 감정이 분노일지 혹은 번뜩 떠오른 어떤 희망일지, 뒤도는 찰나에 주인공의 시야에 들어온 것은 무엇이며 그것은 또 주인공에게 있어 어떤 의미를 갖는지, 비에 겉옷만 젖었는지 혹은 속옷까지 흘딱 젖었는지 따위를 전부 자세히 들려줄 수 있다.

고로 이렇게 말할 수 있다. 폼은 영화로 배우고, 소신은 소설로 배운다. 담배를 꺼내 입에 무는 폼, 연기를 내뱉을 때 짓는 표정, 서 있는 자세, 손가락 모양은 영화에서 배운다. 그리고 담배를 피우는 이유, 꺼내는 타이밍, 피우며 하는 생각, 피우며 나누는 대화의 결, 피울 때 만끽하면 좋은 기분 따위는 소설에서 배운다.

다만, 영화든 소설이든 어지간해서 담배 피울 때 핸드폰은 하지 않는다. 그런 건 서술할 가치도, 보여줄 가치도 없는 장면이다. 기분 좀 내자고 건강까지 포기해가며 피우는 건데, 핸드폰이나 들여다보면 그게 뭐란 말인가.

여하간 흡연은 백해무익. 손도 대지 않는 게 물론 최선이다. 한데 이상하게도 노트북 앞에서는 한 시간, 두 시간 머리를 쥐어짜도 글감이 떠오르지 않는데, 처참한 심정으로 밖에 나가 담배를 피우고 있으면 꼭 그 2-3분만에 뭔가 떠오른다. 자랑은 아니지만, 잔혹하다면 잔혹한 일이다.

2

낭만이라고 해도
늘 내 마음 같지는 않은 걸까

이틀 연속 을지로의 한 잡화점에 다녀왔다. 그곳엔 1년 전부터 틈틈이 들러왔고, 갈 때마다 매번 뭐라도 사서 나왔으니 나는 단골이라면 단골인데, 이틀 연속으로 다녀온 적은 이번이 처음이었다.

어제는 작업실 가는 길에 스스로에게 작은 선물이나 할 심산으로 들렀다. 이번 주는 글도 열심히 썼고, 비교적 규칙적인 생활을 했으니 앞으로도 잘해보라는 의미였다. 일단 무작정 가서 사고 싶은 게 있으면 사는 거고, 마땅한 물건이 없으면 적당한 레코드를 한 장 골라 살 생각이었다. 그렇게 가게에 도착해 이리저리 둘러보았는데 딱히 눈에 들어오는 물건이 없었다. 또 그날따라 켜켜이 세워져 있는 레코드를 일일이 꺼내 확인하는 게 어쩌나 귀찮던지. 무엇보다 가방도 내려놓기 전인데 코로나 바이러스를 경계해 단축 운영을 하는 터라 마감까지 시간이 얼마 남지 않았단다. 그래서 나는 낭만을 판 돈으로 소소한 도박 한 판을 벌이기로 한다. 음반 코너의 수많은 레코드와 시디 사이에서 무작위로 한 장 골라 구입하기로 정한 거다. 나는 그 잡화점이 취급하는 어떤 정서를 무척이나 신뢰했고, 내 타고난 천운을 신뢰했으며, 낭만을 맹신했다. 눈을 감고 무작위로 한 장 골라 뽑으면 필히 끝장나는 패가 손에 착 달라붙을 거라 믿었던 것이다. 그렇게 느낌 가는 대로 CD를 한 장 골랐고, 구입해 밖으로 나섰다. 해 질 녘 을지로는 골목이면 골목마다 무겁고 울적하다. 중식집 2층에서 김두한과 시라소니가 고량주를 들이키고 있을 것만 같다.

나는 타고난 노름꾼은 못 돼서, 경우의 수 앞에서 초연한 법이 없다. 작업실로 향하는 길에 얼마나 대단한 명반을 집어 들었을지 기대된 나머지 유튜브로 미리 들어 보았다. … 반듯한 음반의 구색을 갖춘 앨범이 듣는 이로 하여금 이렇게 직접적으로 귀가 썩는 감각을 전달하기도 한다는 거, 처음 알았다. 무작위로 골랐던 만큼 어느 정도는 내 취향이 아닌 곡이 나와도 '이런 것도 가끔은 나쁘지 않지.' 하는 정도로 넘기려 했는데, 도저히 1분도 들어줄 수 없을 만큼 끔찍한 앨범이었다. 이것 참, 세상엔 과연 다양한 취향이 있다지만, 낭만이라고 해도 늘 내 맘 같아 주지는 않는 거다.

나는 그 끔찍한 청음 후에 즉시 교환 문의를 남겼고, 다행히 개봉하기 전이라면 교환이 가능하다는 답장을 받았다. 그렇게 앨범을 고를 때만큼은 모험을 해서는 안 된다는 교훈을 아로새기며 뒷수습을 위해 다음 날 다시 을지로를 찾았다. 그 끔찍한 앨범의 이름은 밝히지 않겠지만, 나는 그것을 Sunset Rollercoaster의 앨범으로 교환했다. 그 두 앨범의 가격이 서로 같다는 건 마지막까지 용납되지 않았다. 그런 뒤, 연남동으로 넘어가 레코드 샵 한 군데를 더 들러 그곳에서는 Louis Armstrong의 'What a wonderful Christmas'를 비롯한 크리스마스 캐럴집 3장을 구매했다.

벌써부터 거리에는 성미 급한 벚나무들이 피운 꽃잎이 보인다. 바야흐로 3월의 언저리, 봄의 초입인 것이다. 실은 아이폰, 아이패드, 맥북 다 가진 현대인으로서 누군가 굳이 음악을 CD나 LP를 통해 듣는 이유가 무엇이냐 묻는다면 딱히 할 말 없다. 마찬가지로 크리스마스 캐럴집을 봄에 사는 이유는 또 무엇이냐 물어도 준비해둔 대답이 없다. 3월 언저리는 크리스마스 캐럴을 듣기엔 다소 늦음과 동시에 지나치게 이른 타이밍인 것이다. 이렇듯 세간의 흐름에 빗대 보았을 때 나는 몇 가지 걸리는 부분이 있는 소비 습관을 거느리고 있다. 하지만, 이 드넓은 세계에는 방구석에 온종일 틀어박혀 LP와 CD를 번갈아 들으며 여생을 낭비하는 달콤쌉싸름한 상상을 통해 의자에 앉아 5분 더 글 쓸 집념 같은 걸 취하는 사람도 있는 거다. 그러니까 아무도 뭐라 할 사람 없겠지만, 정말로 아무도 뭐라 하지 말라 이거다.

그런 건 남께서 어련히 알아서 하는 문제다.

'알아서 할게'의 미학이 세상에 널리 통용되었으면 좋겠다. 왜 이런 얘기를 하냐면, 어련히 알아서 할 일들이 세상엔 많은데, 그런 걸 일일이 참견하고 싶어 하는 이들도 그만큼이나 많기 때문이다. 다소 쌀쌀맞아 보이겠지만, 용기를 내 '알아서 할게'라 말하자. 너도 나도 그런 말을 대수롭지 않게 하다 보면 '알아서 할게' 쯤은 그다지 쌀쌀맞은 말이 아니게 되지 않을까. 그래서야 세상이 너무 날카롭게 변하지 않겠냐고? 글쎄, 이런 식으로 서로 괴롭히는 것보단 그게 몇 배는 낫다고 생각한다.

나도 한번 빛나 보자

올봄엔 나도 꼭 빛날 거야, 하는 생각을 봄이 시작되고 나서야 했어. 웃기는 거야. 정말 간절히 빛나고 싶었다면, 그동안 애를 좀 썼어야지. '꼭' 빛날 거야. 하고 결의를 다져 본들 고증이 없잖아. 현실과 이상은 원래 양극성 말고는 별 관계가 없는데, 내가 매일 지나쳐 온 '오늘'과 꿈꿔 온 '내일' 사이에는 정말 일말의 연관도 없을지 몰라. 이렇듯 봄을 맞닥뜨리는 내 마음가짐은 늘 무언가 들끓는 동시에 딱 그만한 무언가가 결여되어 있어.

매년 늘어나는 나이의 뒷자리 수를 헤아리는 건, 뒤통수에 달린 혹을 더듬는 일. 혹 열 개가 모이면 비로소 이마에 뿔이 하나 솟아. 두말할 것도 없이 뿔은 두 개일 때가 가장 아름다워. 손, 발, 팔, 다리, 무릎, 손목, 발목, 고환, 눈, 귀, 콧구멍, 신장, 유방, 엉덩이, 광대뼈, 전부 두 개가 한 짝이니까. 응당 뿔도 두 개여야 균형적인 거야. 우리 몸에 한 개만 달린 건 있어도 세 개, 네 개 달린 게 있던가? 거봐, 뿔이 세 개가 되고 네 개가 되는 건 균형과 조화의 어떤 접점으로부터 멀어져 가는 거야. 정말로 뿔은 두 개일 때가 가장 좋아. 뿔을 두 개 달고서 아직 네 개뿐인 혹을 더듬고 있으면 어리다는 건 참 달구나, 하는 생각이 저절로 든다. 하지만 어떤 짓을 하면 시간을 붙들 수 있겠니. 도대체 무슨 짓을 해야 시간이 느리게 지나가?

거울 앞에 서면 불안해져. 새 뿔이 솟아날 자리가 예측이 안 돼서. 그거 덜컥 두렵기까지 한 거라서 언제부턴가 거울은 멀리하게 됐어. 보고 싶지 않은 건, 봐도 모르는 건, 차라리 보지 않는 편이 나으니까. 나이는 쌓이기만 하는 거라 줄어드는 법이 없고, 젊음은 얼음이나 사탕 같은 거라서 탄생 이후엔 손실뿐. 정말 절실하게 알고 싶다. 왜 아름다운 건 죄다 찰나에만 머물까. 있잖아, 사람은 지혜롭지 못해서 한번 달구나, 하고 생각해 버리면 시도 때도 없이 핥게 되어 있어. 젊음은 그런 식으로 눈 깜짝할 새에 사라져 버리는 거야. 아프니까 청춘 같은 소리를 하면, 그저 영혼 없이 사람 좋은 웃음을 짓겠지만, 말마따나 청춘은 더도 말고 덜도 말고 딱 한 번 뿐이기에 아픈 게 맞긴 해.

그러니 올봄엔 나도 빛날 필요가 있지 않겠니. 고증이고 나발이고 간에 말이야. 더 이상 혹이 늘어나는 것도 두렵고, 뿔 세 개가 되는 건 끔찍해서 콱 죽어버리고 싶을 지경. 그러니까 나 조만간 완연히 빛나야 해. 두 번은 없을 처음이 지나가고 있으니까. 첫술에 배가 부르기도 하는 거 아니겠니. 삽질 한 번에 무덤 자리는 잘만 보이잖아. 그러니까, 내가 이제 와서 빛나겠다고 하는 거, 영 말도 안 되는 애기까지는 아닐 거야. 영원하고 싶은 바람, 그건 결국 제 모가지를 댕강 절단 내는 짓거리. 맞아, 나 여태 변화를 꿈꾸는 동시에 부정해 왔어. 매사 소극적으로만 살아온 것도 이만하면 훌륭한 핑계가 되겠지.

영화 〈Youth〉에서 주인공은 스위스의 드넓은 산맥을 배경으로 둔 전망대의 망원경을 가리키며 젊은 동료들과 이런 대화를 나눠.

"와서 보게. 저기 산이 보이나?"

"네. 아주 가까이요."

"젊을 땐 그렇게 보여. 모든 게 가까이 있는 것 같지. 미래니까."

이어서 그는 망원경을 거꾸로 보여주며 말해.

"이렇게 보면?

… 나이가 들면 그렇게 보이는 거야.

모든 게 멀리 있는 것 같지. 과거니까."

젊음은 그 존재 자체만으로 삶을 사랑해야 할 이유이자 명분일지 몰라. 증명만이 우리의 몫으로 남아 있어. 이런 글을 쓰고 있자니 정말로 이제 그만 나도 변할 때가 온 모양이지. 어쩔 땐 내가 지난 2년 동안 단단해진 건지 아니면 물러진 건지 헷갈려. 그럴 땐 미친 척 몸을 날려 보는 게 답일까? 됐다고 그래. 주변을 더럽히지 말자. 그런 건 잠깐 밟혀 보면 알 수 있는 거야.

취미에 대하여

어제는 컨디션이 안 좋아서 글을 한 글자도 쓰지 않고 일찍 잠자리에 들었는데, 그랬더니 모처럼 아침 일찍 눈이 떠졌다. 그리하여 이른 아침부터 '오늘은 머리가 고장날 때까지 글을 쓰자!' 하며 결의를 다졌는데, 아침을 먹고서 안락의자에 앉아 유튜브를 좀 보고, 커피를 끓여 마시고, 봉에 매달려 턱걸이를 몇 세트 했더니만 어느새 점심시간이 되어 버렸다. 커피를 머그컵 가득 따라 두 잔이나 마신 덕분에 자빠져 누워 낮잠을 자고 있지는 않지만, 끔뻑끔뻑 앉아만 있을 거라면 차라리 잠을 자는 게 나을지도 모르겠다.

계속해서 시간만 죽이고 있자니 이럴 거면 왜 살아서 산소를 축내고 있나 하는 자괴감이 든다. 그래서 오후 한 시가 막 지났을 무렵엔 책상 앞에 각을 잡고서 잠깐 앉아 보았다. 그런데 오늘따라 세상만사 죄다 따분하게 느껴지는 바람에 곧장 때려치웠다. 실은 오늘만 이러는 게 아니라 허구한 날 이런 식이다. 워밍업이 장황하다. 머리 한번 쓰기까지 과정이 참말 길고 한심한 것이다. 이 기세라면 오늘도 글쓰기는 글러 먹었다. 어떤 얘기를 쓰더라도 결국 쓰지 않느니만 못한 꼴이 되리라는 예감을 미리 하고 있는 거다. 가만히 있자니 따분하고, 딴짓을 하자니 글을 써야 할 것

같고, 글을 쓰자니 정신이 몽롱하다.

　결국엔 에라 모르겠다가 발동했다. 이판사판으로 손 대지 말아야 할 물건을 집어 들고 만 것이다. 그건 바로 내 방 한편을 멋지게 장식하고 있는 'Fender hybrid 68's Stratocaster'인데, 지난여름에 누나와 매형에게 선물 받은 일렉 기타다. 그게 어째서 손 대면 안 되는 물건인가 하면, 한 번 집어 들고 줄을 튕기기 시작하면 재미가 붙어 버려서 그 길로 한두 시간은 완전히 '커튼 코베인'에 빙의하는 거다. 생판 하지도 않던 크로매틱 기본기 연습을 느닷없이 마구 한 뒤에, 칠 줄 아는 곡을 한 곡도 빼먹지 않고, 질리지도 않고 반복해서 연주한다. 혁오의 〈Wanli〉, 〈Hey sun〉, 브래들리 쿠퍼의 〈Black eyes〉, The 1975의 〈Robbers〉 등의 어렵지 않은 곡들이다. 한바탕 화끈하게 즐겼으니 맑은 정신 상태로 책상 앞에 앉는다면 그건 그것대로 전망이 밝겠으나, 안타깝게도 연주를 마친 나는 완전히 기진맥진해져 버린다. 꼼짝없이 한두 시간은 침대에 쭉 늘어져 있게 되는 거다. 쉬운 곡이라면서 왜 이렇게 힘들어 하냐면, 필자의 기타 실력이 무지 엉터리이기 때문이다. 아무리 취미로 치는 거라지만, 2년이나 갖고 논 보람이 없을 정도로 엉망이다.

하여, 저녁나절이 돼서야 이렇게 취미에 관한 글을 쓰게 됐다. 취미는 크게 세 가지 의미로 풀이된다. 첫째는 전문적으로 하는 것이 아니라 즐기기 위해 하는 일. 둘째는 아름다운 대상을 감상하고 이해하는 힘. 셋째는 감흥을 느끼어 마음이 당기는 멋이라고 한다. 그간 막연하게도 내겐 취미라고 할 게 많다 생각해 왔는데, 막상 적으려고 하니 신중한 마음가짐이 되어 혀를 삐죽 물게 된다.

요즘은 방을 꾸미는 일에 완전히 맛이 들렸다. 허나, 그 재미를 알게 된 건 1년도 채 되지 않았으니 인테리어를 취미라고 한다면 내가 노상 하는 짓거리 중에 도대체 취미가 아닌 건 아무것도 없다. 그래서야 취미를 취미라고 부르는 의미도 사라지고 말겠지. 음악 듣기도, 영화 보기도, 책 읽기도 무척 좋아한다. 하지만, 취미로 '음악 감상', '영화 감상', '독서'를 꼽는 것만큼 상투적인 일이 과연 세상에 또 있을까. 너무 흔해 빠진 건 싫다.

개인적인 심의를 거친 결과, 내가 취미로 꼽는 행위는 '사진 찍기'와 '기타 연주'이다. 두 가지 모두 전문성과는 거리가 멀고, 기타와 카메라는 내게 음악과 사물이 지닌 아름다움에 대한 이해도를 높여줬으며, 누가 시킨 적 없이 온전히 스스로 감흥을 느꼈으니 말이다. 위에서 말한 개인적인 심의의 기준은 어떤 행위를 향유한 기간이 중한 역할을 했는데, 그 과정에서 깨달은 사실이 있다. 그건 기타 연주와 사진 찍기 모두 필자의 자존감이 현저히 저조하던 시기에 시작됐다는 점이다. 그러고 보면 방을 가꾸기 시작한 1년 전도 그랬다. 그 말은 곧 자존감이 바닥을 치는 때가 새로운 취미를 갖기에 좋은 시기라는 걸까. 그게 사실이라면, 더 나아가 어쩌면 새로운 취미를 갖는 것이 떨어진 자존감을 되찾을 수 있는 나침반 역할을 하는지도 모른다.

대충 생각해 보아도 영 터무니없는 얘기는 아니다. 새로운 취미에 몰두하게 됨으로써 영혼을 갉아먹던 존재와는 최소한 1cm라도 떨어지게 되어 있으니 말이다. 게다가 취미는 남은 인생에 어떤 가능성과 생기를 안겨다 주는 소중한 자산이다. 취미를 개발하는 것이 일종의 투자인 것이다. 이를테면 내가 40대에는 중년 밴드의 기타리스트가 되어 전성기를 누릴지 모르는 일이고, 더 늙어서는 평생 찍어 온 사진을 모아 사진전을 열어 대박을 터트릴지도 모르는 거다. 이런 말이 있다. 취미는 취미로만 가지고 있어야 즐겁다는. 반면에 또 이런 말도 있다. 본업을 마치 취미처럼 여겨야 지치지 않고 오래 일할 수 있다는. 이거야 원 신호등에

파란불과 빨간불이 동시에 켜있는 꼴이지만, 어쨌든 두 속설 모두 취미만큼 삶의 활력을 불어넣는 게 별로 없다는 사실을 증명하고 있다.

취미가 됐든 뭐가 됐든, 무언가를 '꾸준히' 하는 건 인생에 있어 무척 중요한 일인데, '꾸준히'를 지켜나가기 위해서는 철저한 계획을 세운다거나, 끊임없이 동기를 부여하는 것만으로는 부족하다고 생각한다. 그저 '꾸준히'라는 단어의 의미를 보다 포괄적으로 이해하고 받아들이려는 자세가 필요하지 않을까. 그러지 않고서는 무언가를 꾸준히 한다는 건 지나치게 어려운 일이 되어버리고 만다. 참, 이 작자는 속 편해서 좋겠다는 소리를 듣게 될 것만 같다. 그러고 보니 어느덧 글쓰기는 내게 취미가 아니게 됐다. 글 한 편을 마무리하려는 타이밍이라 그런 건지는 몰라도, 그 사실이 무척 행복하게 와 닿는다. 내일은 정말 완전히 뻗어버릴 때까지 글을 써야겠다.

작전 상 후퇴

코로나 바이러스가 일단락되면, 체육관에 등록해 주짓수를 수련할 계획이다. 진지하게 수련에 임하다 보면 언젠가 빛을 발할 날이 오지 않을까 싶다. 나와 가족의 안전을 위협하는 상대를 맞닥뜨렸을 때, 즉석에서 팔을 부러뜨려 주고 싶은 거다. 그래도 진정을 못 하면 몇 초쯤 푹 재워주는 것도 좋겠지. 이런 식의 목적을 가지고 무술을 수련하겠다는 건 그다지 바람직하지 못한 자세일까? 나로서도 확실히 그런 일은 절대적으로 일어나지 않는 편이 좋다고 생각하지만, 거리에는 날이 갈수록 말로 해서 안 되는 탕아들이 늘어만 가고 있는 것이다. 결코 안일하게 생각할 수 없다.

그래서 유튜브를 통해 주짓수 관련 영상을 틈틈이 챙겨보고 있다. 그러다 어느 영상에서 보았는데, 체육관에 등록하면 첫날에는 탭(TAP)을 치는 방법을 배운다고 한다. 탭은 훈련 중에 상대의 기술이 자신에게 통했을 경우 그 사실을 알려 기술을 중단하게끔 함으로써 부상을 방지하는 행위이다. 시합 중에는 항복을 의미하는 사인이 되지만, 훈련 중에는 기본적인 수신호로서 합의하에 이루어지는 '작전 상 후퇴'쯤 되는 거다.

격투기 도장에서 공격과 수비 기술보다 탭 치는 법을 먼저 가르친다는 건 그 '작전 상 후퇴'라는 것이 다른 무엇보다도 중요하다는 사실을 의미한다. 나는 그 수순에 대해 과연 훌륭한 커리큘럼이라고 생각하고 있다. 세상만사 앞으로 몰아붙이기만 해서는 똑바로 되는 일이 없으니 말이다. 그러니까, 뭐든지 알고 보면 힘을 주는 것보다 힘을 빼는 법이 중요하단 거다. 여기서 힘을 뺀다는 건, 수사를 위한 은유인 동시에 문자 뜻 그대로 물리적 의미 그대로이기도 한데, 세간은 힘을 빼지 못해 빠르게 병들고 있다. 어찌보면 한국은 그 극단적인 예가 아닐까. 지난 2~3년간 '소확행'이 아무리 유행했어도, 사람들은 크게 변하지 못했다.

그렇다면 사람들은 어째서 힘을 빼지 못하고 있을까. 세상은 왜 그런 식으로 병들고 있을까. 일단 힘주는 방법에 몰두하면 뭐든 빠른 속도로 성장한다는 사실을 기득권자들이 그 누구보다 잘 알고 있기 때문이다. 그들은 이 망할 경쟁 사회를 조장하고, 구성원들을 소모성 부품으로 치부하며, 수명과 정년이라는 휘발성 속에서 사람들로부터 최대한의 이득을 취하기 위해 전력을 요구하고, 그렇지 않아도 야윈 등을 자꾸만 떠미는 것이다. 그렇게 선배도, 후배도, 동료도 모두가 한마음 한뜻으로 전력을 다해 힘을 쏟고 있으면 그게 부처라도 마음을 느슨히 먹지 못한다. 게다가 한국이라는 나라에는 '우리가 남이가!' 같은 속성이 있는 터라 모두가 다 같이 으쌰으쌰 무리해 힘을 쏟는 일에 몰두해 왔다. 하지만 그런 식이라면 필히 어느 단계에 이르러서는 완전히 정체되어 버린다는 걸 잊어서는 안 된다. 진흙탕에 빠져 오도 가도 못하는 불도저가 되어 버리는 것이다. 연거푸 액셀을 밟아도 앞으로 나아가지 못한다. 멀리 가기 위해서는 응당 브레이크와 후진 기어가 필요한 법이거늘 '마력'과 '제로백' 같은 것에만 집착한 결과다.

어느 중학교 교실에 찾아가 남학생과 여학생 각 한 명씩을 차출해 동일한 커리큘럼으로 발레를 가르친다고 쳤을 때, 높은 확률로 남학생의 실력이 여학생보다 빠르게 향상된다. 발레라는 게 꽤 우아하게만 보여도 기본적으로 강한 근력을 요구하기 때문이다. 그렇기 때문에 예고나 대학 입시 실적이 중요한 학원 업계에서는 남학생을 더욱 반기기도 한다. 하지만 그건 어디까지나 초반에 국한되는 얘기이고, 어느 정도 시간이 흐르면 그 둘의 실력은 단순히 근력의 차이로 좌지우지되지 않는다. 유연성, 지구력, 섬세함, 운동신경, 근질, 정신력, 식습관, 태도, 유전자, 심지어 지능까지, 실로 다양한 여건들이 실력 향상 요인에 개입하는 것이다. 필자의 경우엔 유연성이 영 좋지 못한 타입이었다. 때문에 자연스레 타고난 근력이나 운동 신경 따위에 무게를 두고 연습에 임했다. 부드럽고 섬세한 움직임보다는 높은 점프와 화려한 테크닉, 어려운 리프트 동작에 혈안이 되었던 거다. 그렇게 나는 그럭저럭 폼 나게 콩쿠르에서 입상도 하고 응시한 대학에 모두 합격하는 쾌거를 이룬다. 그러다 보니 나도 내가 잘하고 있는 줄만 알았고, 앞으로도 이렇게만 하면 더 잘할 수 있겠구나 하는 오만을 품기도 했다. 그러는 사이 연차는 늘어나고, 눈은 높아졌다. 발레라는 장르에 애정이 커지자 자연스레 지금까지보다 훨씬 진지하게 접근하기 시작한 거다. 그때부터는 장점이라 생각했던 것들이 죄다 방해가 됐다. 수년간 힘을 기르고 그것을 폭발적으로 활용하는 데에만 집중을 해왔으니, 힘을 빼는 건 죽어도 안 되는 거다. 뺀다고 뺐는데 스승은 고개를 떨구고, 연습한다고 했는데 교수는 동료들 앞에서 로봇 흉내를 내며 놀려 댔다. 굉장히 모욕적이었지만, 남들보다 빨리 지치고, 자주 다치고, 무엇보다 실력이 더이상 늘지 않는 이유는 분명했다.

발레, 글, 기타, 체스, 수영, 연기, 골프, 미술, 테니스, 요리, 패션 하물며 사랑까지 모두가 그렇다. 힘을 주는 법만으로는 절대로 일류가 되지 못한다. 그렇다고 힘을 빼는 법을 깨닫는다고 해서 모두가 일류가 되는 것 또한 아니지만. 적어도 일류가 될지도 모른다는 어떤 가능성은 힘을 빼지 못하는 사람에겐 허락되지 않는다. 사실 일류가 되고 못 되는 차원의 문제가 아니다. '작전 상 후퇴'를 모르면 결국은 '완패'할 수밖에 없는 것이 바로 이 세계를 둘러싸고 있는 비밀인 것이다. 단언컨대, 모든, 모오든 일이 그렇다. 일종의 공식으로 모두가 숙지하고 있을 필요가 있다. 탭(TAP)은 탭(TAB)일 뿐이지 'ESC'나 'DELETE'와는 다르다.

최근, 넷플릭스를 보다가 2차 세계 대전을 다룬 10편짜리 다큐멘터리 전편을 연달아 봤는데, 전쟁사에서도 '작전 상 후퇴'의 중요성을 명확하게 증명하고 있다. 독일군이 오만을 경계하고 작전 상 후퇴에 능했다면, 우리는 지금과는 현저히 다른 국면 속에서 살아가고 있었을지도 모른다. 그런 생각을 하면 인류가 지혜를 얻는다는 건 상당히 무시무시한 일인 것만 같다.

내겐 정말로 이런 말을 할 자격이 없을지도 모르겠다. 힘을 좀 빼자고 스스로 다짐하지 않으면, 어느새 공자 왈

맹자 왈 보다 약간 물렁한 글을 쓰게 되니까. 그조차도 내 주관적인 평이라는 건 굳이 적지 않아도 될 비밀.

오만 가지 이상의 핑계

집필에 전념할 공간이 있으면 그나마 열심히 쓰겠다 싶었다. 글을 부지런히 쓰지 못하는 데에는 무려 오만 가지 이상의 핑계가 존재하는 것이다. 그런데 마침 시기 좋게 성수동에 작업실이 생겼다. 당분간 누나와 매형의 사무실을 빌려 쓰기로 한 것이다. 뭐랄까, 삶이란 핑곗거리가 점점 줄어들면서 서서히 숨통이 조여오는 과정이 아닐까. 여하간, 곧장 짐을 꾸려서 서울로 향했다.

주관적인 생각인데 작업실이 위치한 이 동네는 도쿄와 닮은 구석이 많아서 마음에 든다. 이 시국에 '도쿄' 다음에 '마음에 든다'라는 어휘를 배열하는 건 바람직하지 않을 수 있으니 덧붙이자면, 뭔가 창작을 하려는 입장에서는 이국적인 정취라면 무조건 반가운 것이다. 꼭 일본이 아니라 인도, 터키, 이스라엘, 뉴질랜드, 그리스, 어디가 됐든 나같이 재능 없는 놈에겐 톡톡히 기분 전환이 된다. 게다가 역사에서 나와 작업실로 향하는 길에는 2호선 순환 열차의 지상 선로가 'BLUE BOTTLE'과 'NISSAN' 건물을 거쳐 휘어지니, 그 풍경을 보고서 도쿄를 떠올리지 않는다면 오히려 그쪽이 더 이상하지 않을까. (한데 알아보니 'BLUE BOTTLE'은 일본 회사가 아니라고 한다. 나만 몰랐던 걸까.) 어쨌든 어제는 그곳에서 밤새도록 열심히 글을 썼다.

다음 날인 지금은 서울 숲 근처 카페에서 커피를 마시고 있다. 간이 침대에서 늦잠을 자다 일어나서는 양치까지만 하고 나왔다. 아무래도 사무실이다 보니 찬 물밖에 나오지 않아서 세수는 생략. 어젯밤은 대단했다. 새로 얻은 작업실 덕분인지 알 수 없는 열정이 마구 치솟았다. 그대로 헤밍웨이와 코가 삐뚤어질 때까지 마실 기세였다. 제2의 헤르만 헤세가 될지도 모를 것만 같았다. 한데 자고 일어나 보니 벌써부터 살짝 따분하다. 어디가 됐든, 무엇이 됐든 하룻 밤 머리를 쓰고 나면 완전히 무감각하게 되어버리는 거다. 이래서야 새 작업실을 얻은 보람이 없다. 그래서 잠깐 동네 정찰(?) 겸 머리를 식혀주러 나왔다. 그런데 이상하다. 분명 코로나 바이러스의 영향으로 자영업자들이 곤경에 처했다 는 소식이 들려오는데, 이 동네만 비교적 예외인 걸까. 우동집이니 카페니 골목골목 사람들로 가득 들어찼다.

아까부터 건너편 테이블에 앉아 있는 외국인 세 명 가운데, 흑인 여성분께서 내 쪽을 자꾸 힐끔 쳐다보신다. 자꾸만 힐끔 쳐다보시니까 나도 자꾸만 힐끔 쳐다보게 되는데, 가능하면 눈을 좀 그만 마주치고 싶다. 이거야 원, 평소 같으면 '오호라? 내가 과연 외국에서 먹혀주는 스타일이었던 가?' 하는 착각이라도 할 텐데, 지금 내 상태는 뭐랄까. 그러한 행복 회로를 가동하기엔 영. 왠지 발가락이 오므라든다.

계속해 건너편 삼인방에 대한 얘기인데, 저들은 각자의 노트북을 꺼내놓고 아주 모호한 자세로, 아주 모호한 밀도의 집중력을 발휘하고 있다. 웹 서핑 중이라고 하기엔 심각한 표정들이고, 업무 중으로 보기엔 널널해 보인다. 아마도 과제를 하거나 포토샵 혹은 영상 편집 같은 걸 하고 있지 않을까. 나는 노트북으로 워드 프로그램밖에 사용하지 않기 때문에 이런 쪽으로는 상상력 발휘가 전혀 안 된다. 사실은 신천지 사이트를 해킹하고 있을지도 모른다. 최근, 실제로 한 중학생이 신천지 홈페이지를 해킹하는 데 성공했는데, 사람들은 그게 마냥 웃기기만 한 모양이다. 나로서도 속이 다 시원하지만, 마냥 하하호호 할 일은 아니지 않을까. 어쨌든 저들이 뭘 하고 있든 간에 어지간히도 집중이 안 되는 모양이다. 셋이서 나를 번갈아 가며, 그것도 꽤 노골적으로 쳐다본다. 상대 진영 입장에선 각자 한 번씩 눈을 마주치는 것이니 그렇게까지 부담스럽지 않겠지만, 내 시점에서 보면 아무래도 주눅이 든다.

이젠 완전히 대놓고 쑥덕거린다. 자기들끼리 속닥속닥

내 흉을 보고 있지 않을까 싶어서 아무것도 손에 잡히질 않는다. 물론 카페에서 건너편 이성 세 명이 수군거린다고 그게 꼭 내 얘기라는 법은 어디에도 없지만, 저렇게 대놓고 쳐다보니까, 정황상 기정사실에 가깝다. 나로서도 단순히 내 착각이길 바라고 있다. 그렇지만 왠지 '저 노란 머리, 백수인가 봐.', '그러게, 젊은 사람이 왜 저러고 있다니?', '근데 자꾸 쳐다보는데?', '그러니까, 정말 어지간히 할 일 없나 봐.', '세수도 안 하고 나왔네, 쟤 눈곱 어떡하니?', '집에 물도 안 나오는 모양이지.' 같은 얘길 하고 있을 것만 같다. 이거, 설렁설렁 책이나 보러 왔거늘, 노트북에서 손을 떼기가 망설여진다. 마음 같아서는 '헤이, 나 글 쓰는 사람이야. 백수 아니야! 잠이나 깰 겸 잠깐 쉬고 있는 거라고. 그리구 나 커피도 에스프레소 마셨어, 왜 이래?' 하며 짚고 넘어가고 싶다. 하지만, 그건 어디까지 희망 사항. 그러고 보니, 간밤에 꾼 꿈에서 '오혁'씨가 나와서는 나더러 영어 공부는 무슨 일이 있어도 필수라고 신신당부를 하셨다. 이런 일이 있으려고 그랬던 모양이다. 썰렁하다.

원래 꿈이란 게 좀 썰렁한 구석이 있다. 무슨 말이냐 하면, 이런 식이다. 2년 전쯤에 방에서 뱀이 나오는 꿈을 꿨다. 영 흉몽을 꾼 것 같아서 알아보니 오히려 재물이 들어

오는 길몽이라고 했다. 그래서 마구 기대를 했건만 그날 저녁, 아버지가 용돈 5만 원을 주셨다. 물론 감사한 일이긴 한데, 5만 원 때문에 방에 뱀까지 나올 건 또 뭐란 말인가.

또 계획에 차질이 생길 징조라 해석되는 흉몽을 꾼 적이 있었다. 미안하지만 계획이라고 할 게 전혀 없는 생인데 과연 무슨 일이 일어날지 싶어 긴장이 됐다. 그리고 하루종일 내게 생긴 문제라고는 타야 할 전철이 눈앞에서 떠나 데이트 시간에 늦은 것이 전부였다. 자랑은 아닌데, 나는 그런 꿈꾸지 않아도 약속 열 번 중에 아홉 번을 늦는다. 언젠가 이런 일도 있었다. 당시 여자친구가 출근길에 전화를 걸어서는 자기가 무척 좋은 길몽을 꿨다고 자랑을 해오는 거다. 그게 어떤 꿈이냐 물어도 끝까지 알려주지를 않는다. 말하면 부정을 탄다나 뭐라나. 그날 저녁, 그녀는 직장에서 받은 사과즙 박스를 집까지 들고 오느라 완전히 녹초가 되어 탈진 직전이었다. 한여름 밤에 개고생을 하려고 그 좋은 꿈을 꾸었던 거다. 이래서야 꿈에 돼지가 나오면 복권을 사야 한다는 둥 그런 건 전부 옛말이 되어버린 모양이다.

그러니 흉몽을 꿨다고 해서 누군가에게 전화를 걸어 '오늘 내가 끔찍한 꿈을 꿨으니까 너 꼭 차 조심해.' 같은 소리는 하지 말자. 그런 소리를 할 바엔 '밖에서 화장실 갈 일 있으면 꼭 휴지 체크 잊지 마.'라 말해주자. 그쪽이 합리적이다. 쓸데없이 사람 기분 찜찜하게 만들 필요는 없으니까 말이다.

무서운 얘기

나는 최근까지도 가위에 눌려 본 적이 없었다. 때문에 내가 가진 가위 현상에 대한 데이터베이스는 오로지 친구들 경험담에 의존되어 왔는데, 경험 없이 듣기만 하는 입장에서는 그들이 하는 얘기가 전부 사실인지, 혹은 어느 정도 과장된 얘기인지 분간할 재주가 없었다. 하지만 역시 진실의 여부 따위는 그다지 중요하지 않은 걸까. 그런 걸 차치하고도 무서운 얘기란 과연 세상의 그 어떤 주제보다도 흥미로웠다. 하긴 '서프라이즈'도 아니고 굳이 진실 혹은 거짓 따위 알아서 뭐 하랴. 무서운 얘기의 세계는 마치 보디빌딩 시장처럼 스테로이드(과장)가 은연히 허용되는 것이다. 잘 다듬어진 괴담은 웬만한 고전 소설의 뺨을 친다. 개연성, 필연성, 당위성 등등 좋은 이야기가 되기 위해 갖춰야 할 조건은 아무래도 같은 것이다. 그렇다 보니 나는 옛날부터 곧잘 친구들에게 가위 눌린 얘기를 들려달라 조르곤 했다.

그들은 대개 공통적으로 그날이 무척 피곤한 날이었다고 말한다. 그래서 기절하듯 쓰러져 잠에 드는데, 눈을 뜨자 몸이 움직이지 않고, 목소리도 나오지 않는 거다. 경우에 따라서는 어떤 스산한 기운 또는 귀신이라 여겨질 만한 어떤 존재가 등장해 공포심을 한층 증폭시킨다. 그 부분을 묘사하는 리얼리티가 얘기의 질을 결정한다. 이야기의 '절정'인 것이다. 거기까진 웬만하면 다 좋은데, 어째서인지 대부분 결말이, 그러니까 마무리가 흐지부지한 경우가 많았다.

내가 들은 경험담 중에 가장 무서웠던 건 한국무용을 전공하는 대학 동기 녀석의 얘기였다. 녀석은 고3 시절, 대학 입시를 앞두고 스트레스가 컸던 모양인지 거의 이틀에 한 번꼴로 가위에 눌렸다고 했다. 그러다 언젠가, 베개 밑에 칼을 넣어두고 자면 가위에 눌리지 않는다는 소문을 주워들었다는데. 나로서는 에이, 뭘 그렇게까지 하나 싶지만, 매일 밤잠을 설치는 당사자는 그만큼 절박했다고 한다. 그렇게 어느 날, 녀석은 속는 셈 치고서 부엌에 있는 칼들 중 가장 큰 것을 뽑아다 베갯보 안에 넣고 잠자리에 들었다. 그러나 어김없이 잠에서 깨자 몸이 움직이지 않았다. 평소대로라면 옴짝달싹 못 하다 어떤 음산한 기운이 느껴지고, 안간힘을 써 관절을 움직이며 유야무야 마무리가 되어야 하는데, 그날은 달랐다. 눈을 찔끔 뜨자 웬 허여멀건 남자가 침대 옆 한 평 남짓한 공간에서 목을 접다시피 구부리고는 히죽히죽 웃으며 춤판을 벌이고 있는 거다. 흐느적거리며 몸을 들썩이는 남자의 손에는 베개 밑에 있어야 할

칼이 들려있었다. 알고 보니 녀석이 주워들은 속설은 귀신이 밤새 칼을 가지고 노느라 사람은 괴롭히지 않는다는 거였다. 말했듯이 녀석은 한국무용을 전공했다. 설명과 곁들여 그 귀신의 춤사위를 굼실굼실 재현하는데, 나조차 소리를 빽 질렀을 정도이니, 자리에 있던 기백 약한 친구는 다급하게 가랑이를 부여잡았다.

나는 호기심이 무척 강한 편이라서 그런 얘기를 들으면, 소름이 쭉 돋았다가도 이내 꼭 경험해보고 싶다는 생각이 들었다. 밤마다 귀신이 찾아오기만을 목이 빠져라 기다렸다고 하면 그건 거짓이겠지만, 정말 보통 궁금했던 게 아니다. 그리고 최근, 나도 마침내 가위라는 것에 눌려보았다.

뭔가 재미난 꿈을 꾸고 있었다. 자세히 기억나지 않는데, 내가 누굴 쫓았던가, 누가 나를 쫓았던가, 둘 중 하나다. 그런데 어느 시점에 누군가 내 얼굴을 빤히 쳐다보며 계속해 '나쁜 새끼'라 반복해 말했다. 그런 소리를 계속 듣고 있자니 기분이 나빴는지, 슬슬 잠이 깨는 감각이 들었다. 그런데 그 누군가의 목소리는 멎지 않고 공명처럼 귓속에 울려 퍼졌다. 평범한 목소리에서 점점 괴상한 목소리로 변해가며 나중에는 찢어지는 기계음처럼 변해 '나아아아아

아아아아쁜 새애애애애애애애끼' 거렸다. 그러다 눈을 떴는데, 몸이 움직이지 않았다. 그때까지는 드디어 가위에 눌려 보는구나 싶어 나름 유쾌한 기분이었는데, 곧장 소름이 쭉 끼쳐버린다. 평소 지독히도 자유분방한 자세로 잠을 자는 내가 침대 중앙에 일자로 똑바로 누워 팔을 X자로 교차해 이마 중앙에 살포시 얹고 있었던 거다. 정확히 각을 살린 X자였다. 편하게 포개 얹어 둔 모양이 아니라, 작위적으로 각을 살린 X자. 게다가 '나쁜 새끼' 하는 공명은 계속해 귓바퀴 안을 맴돌았다. 그 뒤로는 기억이 가물가물하다. 무릎 관절을 움직이자 긴장이 쭉 풀려 그대로 다시 잠에 들었던 것 같다. 왜 친구들의 경험담이 그쯤에서 흐지부지 마무리되었는지 이제 알겠다.

나쁜 새끼라니. 내가 누군가에게 원한을 진 걸까 싶어 찜찜한 기분이 들었다. 알아보니, 가위는 이른바 렘수면 상태에서 일어나는 현상인데, 정신은 절반 정도 잠에서 깼으나 몸은 아직 깨지 못했을 때 일어나는 것이라고 한다. 그리고 가위에 대한 심리적 공포심이 이런저런 환각을 일으키는 거란다. 이것 참, 남의 일이었을 때는 과연 세상엔 정말로 귀신이 있구나 싶어 흥분했는데, 막상 내 일이 되니 세상 누구보다 과학적으로 접근하고 있다. 이거 뭐랄까, 사람은 역시 간사하다.

관심은 이 시대의 아편이요

이따금 애정 결핍이 도지면 인스타그램 라이브 방송을 켜는데, 영화나 책을 추천해달라는 요청을 자주 받는다. 대답하기 무척 어렵다. 대답으로 무엇을 꺼내 놓든 내가 손해라는 생각을 떨쳐내지 못하는 것이다. 취향은 폄하의 대상이 되기 쉽다. 내가 아무리 감명 깊게 본 영화도 누군가 보기엔 형편없을 수 있는 것이다. 책도 마찬가지. 음악도 마찬가지.

이상형을 묻는 질문도 자주 받는데, 그런 질문을 하는 건 중학교에 입학하기 전에 초등학교랑 같이 졸업해야 한다고 생각하고 있다. 이상형에 뭔 의미가 있다고 그렇게 궁금할까. 질문이라는 게 꼭 의미가 있어야지 할 수 있는 건 아니지만 도통 알 수가 없다. 그래서 심드렁히 "몰라요."하고 대답하게 된다. 정말로 그렇다. 분위기가 어쩌고, 느낌이 저쩌고, 눈매가 어쩌고, 몸매가 저쩌고 하는 건 도저히 궁리할 가치를 느끼지 못한다. 그렇다고 손목이 가늘고 원목과 잘 어울리며 디자인 계열을 전공해서 이모저모 세련미가 뚝뚝 흐르는 여성, 이라고 하는 것도 괜히 뭐 있는 척하는 것 같아 회의감이 들고.

오히려 '〈덩케르크〉 재밌게 보셨나요?', '당신은 시도 읽나요?', '보라색이 좋아요 아니면 초록색이 좋아요?' 같은 yes or no 혹은 양자택일이 달갑다. 상대 쪽에서 선택지를 제시한다면 그 위에서 고민하는 건 어렵지 않은 거다. 뭘 고르든 상대가 제시한 것 중에서 골랐을 뿐이니, 내 취향과는 얼마간 안전 거리가 존재하기 때문이다. 말하자면 벌거벗지 않아도 되는 거다. 그러다 보니 선호하지 않는 유형의 질문에는 통 모호한 대답만 하게 된다. 안전 거리를 확보하려는 나약한 인간의 본능이다.

가장 좋아하는 작가를 묻는 질문엔 '글쎄요, 음, 여하간 저는 소설을 즐겨 읽어요.' 좋아하는 영화를 묻는 질문엔 '글쎄요, 딱히 마블 같은 영화에 열광하는 편은 아니에요.' 좋아하는 음식을 묻는 질문엔 '글쎄요, 이번 주엔 초밥을 세 번이나 먹긴 했는데. 아, 근데 햄버거는 네 번이나 먹었어요.' 하는 식이다. 질문에 맞는 대답이지만, 그걸 가지고 뭐라 왈가왈부하기엔 모자란 정보만을 제공한다. 사실 가능한 한 이마저도 입 다물고 싶다. 하지만 여전히 애정은 고프고, 관심은 중독이다. 똑바로 대답도 안 할 거면서 질문을 기다리고 있는 나의 못난 모습을 발견하는 때가 더러 있다.

다만 좋아하는 여배우를 묻는 질문에는 제법 장황한 대답이 정해져 있다.

'부산 국제영화제 개막식에 공연을 하러 간 적이 있어요. 볼레로에 맞춰 선글라스에 검은 정장 차림으로 진행되는 작품이었죠. 무대 바로 앞에는 영화제에 초대된 배우분들이 앉아있었는데, 제 앞에는 이솜 님이 앉아 계셨어요. 그때 저는 무용수로서 동작이 몸에 충분히 익은 상태였고, 리허설도 지겹도록 여러 했으니 여유를 갖고 공연에 임하고 있었죠. 그런데 제가 공연은 뒷전이고 자꾸만 이솜 님을 쳐다보고 있는 거예요. 아마 공연 중인 무용수가 자기를 쳐다보는 줄은 모르고 계셨을 거예요. 워낙 멋진 작품이고 선글라스로 시야까지 가렸으니 말이죠. 정말 한순간도 빠짐없이 아름다우셨습니다. 제게 그날 관객은 이솜님 한 분뿐이었어요.'

갖고 싶으면 가져야 하는

History 채널에서 방송되었던 〈전당포 사나이들〉이라는 프로그램을 좋아한다. 이모저모 재미난 구석이 무척 많은 프로그램이어서 일단 한번 보기 시작하면 다른 일은 좀처럼 손에 잡히지 않는 것이다.

모르는 분을 위해 설명하자면, 이 프로그램은 미국 라스베이거스에 있는 어느 전당포 가게가 굴러가는 전반적인 사정과 그곳에서 일어나는 해프닝을 촬영한 것인데, 전당포는 '릭'이라는 구두쇠 대머리 아저씨를 필두로 그의 늙은 아버지, 그리고 젊은 아들, 그리고 몇 명의 직원들에 의해 운영된다. 응당 전당포 사업의 핵심은 좋은 물건을 싼값에 사들인 뒤, 되팔아 이윤을 남기는 데에 있다. 때문에 물건 매입을 위한 가격 협상은 주로 사장인 릭이 도맡는데, 판매자가 가게에 물건을 가지고 와서 간략한 설명을 하면, 릭은 상당히 수준 높은 별나라 지식을 동원해 누구도 물어보지 않은 얘기를 주절주절 떠들어 판매자의 기를 눌러 놓는다. 그 부분이 나 같은 사람에겐 꽤 유익하다. 그 후, 대개 릭은 각 분야의 전문가를 불러 물건에 대한 바탕 설명과 사실 여부 및 감정가를 들은 뒤, 판매자와 가격 협상을 시작한다. 릭은 대개 불과 1분 전에 전문가가 측정하고 간 가격의 절반을 부르면서 협상을 시작한다. 릭이 가격을 부르면 물건

의 값이 절반이 된다고 해서 그의 별명은 릭노스이다(릭+
타노스). 그러다 어찌 저찌 수지타산이 맞으면 거래가 성사
되고, 그렇지 않으면 "마음 바뀌면 연락하세요." 하며 악수
를 나눈 뒤 쿨하게 헤어지며 한 에피소드가 끝난다.

　잘 모르고 이렇게만 들으면 저런 걸 재미나게 본다니, 저
작자는 참말 재미난 일이 없는 모양이다 싶을지 모르는데,
그건 바다 건너 전당포에 팔려 오는 물건들의 수준을 몰라
서 하는 말일 것이다. 전당포 매대 위로는 응당 박물관에
있어야 마땅한 물건들이 믿을 수 없을 만큼 좋은 컨디션으
로 놓인다. 그 다양성은 웬 녹슨 동전에서부터, 항공 제트
기와 구형 전투기에 이르기까지 무궁무진하다. 왼손잡이용
기타가 만들어지기 전에 '지미 핸드릭스'가 뒤집어 사용하
던 펜더 스트라토캐스터, '쿠엔틴 타란티노' 영화에 등장할
법한 포드 올드카 같은 거. 그런 멋진 물건을 눈앞에 두고
서 매번 가격을 절반이나 후려치는 릭 아저씨는 꽤 볼썽사
납다. 그래서 시청자들은 릭이 가품을 사들여 손해를 보거
나(이 부분은 대부분 조작된 장면으로 밝혀졌다), 가격 협
상이 그에게 불리한 쪽으로 흘러가면 좋아라 한다. 나는 판
매자가 가져오는 물건들 중 일렉 기타, 일본도, 리볼버 혹
은 구형 장총을 가장 반긴다. 활용할 재주도, 구입할 돈도

없으면서 소유욕만 미친 듯이 들끓는다. 선글라스 낀 릭이 사격장에서 1800년대에 만들어진 개틀링 건을 난사하면, 화면 너머로 구경하는 것만으로도 침이 뚝뚝 흘러 방바닥이 홍건해지는 것이다.

릭의 전당포와 비교하자면 초라하지만, 내 방에도 이런 저런 물건들이 꽤 많다. 누구나 그렇겠지만, 내 쪽은 뭐랄까, 조금 난해하다. 우선 일렉 기타 2대와 통기타가 1대, 기타 앰프 2대, 전자 피아노, 블루투스 스피커가 2대, 턴테이블도 2대다. 에어팟은 없지만, 대신 헤드폰이 3대 있다. 손목시계가 14개 있고, 책상에는 탁상시계가, 벽에는 벽걸이 시계와 회중시계가 따로 걸려 있다. 의자는 독서용, 글쓰기용, 휴식용, 연주용이 각각 따로 있고, 탁상용 스탠드가 4개나 있는데, 장 스탠드는 따로 있으며, 무드등은 또 따로 있다. 카우보이 웨스턴 햇이 4개 있고, 속이 빈 오토바이 헬멧도 있다. 장난감 권총이 2개 있다. 필름 카메라도 2대 가지고 있다. 물론 스냅용 디지털 카메라는 따로. 네벌식 수동 타자기가 있고, 블루투스 키보드가 있다. 프로펠러 4개짜리 드론도 있다. 문진이 3개 있다. 피우지 않는 캔들이 4개 있고, 선인장 화분이 하나 있고, 키링은 모으는 건 거의 취미라서 무지 많이 갖고 있다. 그리고 책장에는 200권가

량의 책이 꽂혀있다. 나보다 더한 사람이 이 글을 읽고 비웃을까 봐 신경이 쓰이는데, 그거 딱히 자랑할 건 아니라고 미리 적겠다.

갖고 싶으면 가져야 직성이 풀리는 막돼먹은 소비 습관이 방 한 칸을 파국으로 물들이고 있다. 패션도, 라이프 스타일도 미니멀리즘이 유행인데, 내겐 그저 먼 나라 얘기 이상으로는 들리지 않는 것이다. 내가 무언가를 버리거든, 그건 빈자리를 확보해 새 물건을 채워 넣기 위함일 뿐이다. 그런 의미에서 필자는 미니멀리스트는 물론이거니와 '무소유'의 불자 또한 결코 될 수 없을 듯하다. 이거야 원, 누가 들으면 돈깨나 버는 사람인 줄 알겠다.

한 가지 희망적인 사실은 〈전당포의 사나이〉에서 잭팟을 터트리는 판매자들 중 상당수가 나 같은 부류라는 것이다. 그들은 일단 산다. 그리고 묵혀 둔다. 그렇게 억겁의 시간 동안 부모 혹은 마누라의 구박을 견뎌낸 자만이 훗날 전당포에서 목돈을 받고 집으로 돌아와 성찬을 대접받는다. 그리고 보니 세상에서 가장 질긴 게 바로 유전이라고 했던가. 과연 신빙성이 있는 주장인 듯하다. 오랜만에 아부지 방에 들어가 보았는데, 울 아부지, 당근 마켓을 상당히 애용하고 계신 모양이다. 따뜻함을 참 부지런히 거래 중이시다. 훗날 우리 부자도 전당포 사업을 벌여 <전당포의 사나이들 in Korea>에 출연하게 될지도 모른다. 나야 정신을 잃을 만큼 흥분되는 일이지만, 엄마에게는 손바닥을 뒷골에 얹게 만드는 소리겠지.

일전에 미니멀리즘을 다룬 다큐멘터리를 본 적이 있는데, 반성을 많이 했다. '나'를 내가 가진 '물건'으로 표현하고 충족시키려는 태도는 확실히 바람직하지 못하다는 생각을 했다. 하지만, 내일은 주문한 CD와 레코드가 도착하는 날이다. 뿐더러 조만간 턴테이블을 올릴 오디오 랙을 구매할 예정이다. 훗날 새로 구입할 턴테이블과 어울릴 물건을 찾고 있자니 며칠째 눈알이 흘러내릴 것처럼 아프다.

원하는 건 같지만
허락되는 건 줄어든다

대학교에 다니던 2~3년 전에는 지금에 비해 술을 마시는 일이 월등히 많았다. 신입생 시절 초기에는 OT, MT, 신입생 환영회 말고도 시도 때도 없이 선배들 손에 떠밀려 강압적으로 간을 혹사했기 때문에 술이라면 거의 경기를 일으켰지만, 2학년이 되고 3학년이 된 무렵엔 주량이 곧 일종의 스펙이 되어 버렸다. 그러니만큼 파이팅 넘치게 우르르 몰려다니며 학교 부근 술집을 들락거렸다. 하등 영양가 없는 짓거리였다. 하지만 그때는 그게 또 대단한 낙이었음은 의심의 여지가 없다.

요새는 일단 술을 마시는 일 자체가 드문데, 마시더라도 맥주나 하이볼 같은 도수가 낮은 술을 한두 잔 마시는 게 고작이다. 대략 한 달에 한두 번 정도 마시다가 두 달이 넘도록 입에 대지 않기도 한다. 그 말은 곧, 내키지 않으면서 쓸데없이 술잔을 드는 일은 아예 없다는 거다. 술자리에 관해서 만큼은 나도 철저한 미니멀리스트라고 볼 수 있다. '최소한'을 지향하는 거다. 하지만 술을 마시느라 낭비하던 시간과 비용은 역시 다른 방식으로 치환하여 착실하게 낭비하고 있다. 밑 빠진 독은 구멍을 하나 막아 봤자 다른 구멍으로 새어 나가는 것이다.

작년 한 해 나는 몇 가지 급진적이라 할 수 있는 변화를 맞이했는데, 흔히들 사람 쉽게 변하지 않는다지만, 어떤 측면에서는 사람이란 지나치리만큼 간단하게 변해버리지 않나 싶다. 술이 좋았다가 싫었다가, 좋았다가 또 싫어지는 것처럼. 가령 이런 거다. 나는 전날 잠을 스무 시간 잤다고 쳤을 때, 오늘 스무 시간을 더 자고, 내일 열여덟 시간을 더 잘 수 있는 타입의 인간이었다. 그런데 어느 날부터는 잠에 들기 위해 소요하는 시간이 점점 길어지더니, 이제는 약을 거르면 그마저도 깊게 잠들지 못한다. 원하는 양은 같은데, 허락되는 양은 현저히 줄어든 거다. 나이가 들면 잠뿐만 아니라 온갖 것들의 허용량이 줄어든다는데. 그런 생각을 하면 역시 술도 지금 많이 먹어 두는 게 현명한 걸까 싶다.

아무래도 좋은 얘기지만, 나는 하이볼을 참말 좋아라 한다. 특히 마지막에 남는 레몬 껍질을 오독오독 씹고 있으면 '하이볼 레몬청' 따위의 이름을 붙여 따로 팔아줬으면 좋겠다는 생각도 한다. 한번은 데이트를 하다 가볍게 한잔할 생각으로 이자카야에 들어갔는데, 그 길로 하이볼을 12잔이나 마셔 버린 적이 있다. 그리고 다음 날 아침에 나는 아테나를 낳던 제우스가 된 것만 같았다. 알고 보면 웃긴 얘기다. (헤파이스토스가 도끼로 제우스의 머리를 반으로 쪼개자 갑옷을 입고 창을 든 아테네가 태어났다.) 여하튼 이런 걸 누가 먹겠어 하지 말고 하이볼에 레몬을 썰어 넣을 때는 깨끗이 세척해서 사용해줬으면 좋겠다. '도무지 나 같은 걸 누가 좋아하겠어?' 하면서도 사랑을 위해 헌신하듯이.

호기심만으로는
흉내낼 수 없는

나의 몇 없는 장점 중 한 가지는 음식을 골고루 먹는다는 점이다. 그렇다 보니 사후에 염라대왕님께 재판 받을 일이 생기거든 마지막 변론으로 생전에 편식을 전혀 하지 않았다고 어필하게 되지 않을까. 허튼소리를 하려는 게 아니라, 편식을 하지 않는 사람이 되기란 생각보다 훨씬 까다로운 일이다. 편식을 하는가, 하지 않는가를 가릴 척도가 되는 음식으로는 대충 시금치, 버섯, 가지, 양파, 브로콜리, 콩 정도를 꼽을 수 있겠는데, 이 중에 단 한 가지라도 꺼린다면 그건 편식이다. 편식에 한해서는 하나쯤은 괜찮지 않을까 하는 안일한 태도가 용납되지 않는 것이다. 의외로 오이나 당근을 싫어하는 사람도 많은데, 그 맛난 걸 도대체 왜 싫어하는지 이해가 되지 않는다. 그런 걸 일일이 이해하고 넘어가야 할 이유는 어디에도 없지만 말이다.

가끔씩 내가 비건이 될 수 있을까? 하는 생각을 한다. 그건 어떤 윤리적 통찰에서 비롯된 물음은 아니고, 그저 쓸데없는 호기심 때문에 드는 생각인데, 돈가스나 초밥을 와구와구 씹으면서 그런 생각을 하고 있으면 호기심이 많다는 건 과연 장점과 단점 중 어느 쪽에 가까운 것인지 헷갈리곤 한다.

나는 채소를 무척 좋아해서 어제 저녁만 해도 반찬 대신 양배추 한 소쿠리를 고추장에 푹푹 찍어서 먹었다. 그러니만큼 채소를 통해 배를 채워야 한다는 점에는 전혀 거부감이 들지 않는다. 어쩌면 비건, 그거 가능할지도 모르겠다는 생각을 하는 거다. 하지만, 정말로 비건이 되려면 평소에 사 먹는 샐러드에서 베이컨이나 삶은 달걀, 닭가슴살, 훈제 연어 따위는 전부 제외해야 한다. 그렇다면 역시 불가능하겠구나. 당연한 일이다. 비건이란 호기심만으로는 흉내도 낼 수 없는 존재이다. 비건 베이커리의 쿠키가 입맛에 맞는다고 해서 비건이 될 수 있는 건 아니라는 말이다.

예고에 다닐 때, 채식주의자로 유명한 남자 강사님이 한 분 계셨다. 하루는 전공 수업을 마친 뒤, 다음 수업을 위해 땀으로 젖은 티셔츠를 갈아입어야 했다. 나는 탈의실까지 가기 귀찮아서 가까운 화장실로 향했는데, 마침 그 선생님과 입구에서 엇갈렸다. 변기 물 내려가는 나는 소리가 막 잦아들고 있었다. 나는 순간 채식주의자의 변에서는 어떤 냄새가 날까, 하는 철없는 궁금증을 품어 버리고 마는데. 식습관과 변의 냄새 사이에 얼만큼의 연관성이 있는지 모르겠지만, 정말로 더럽게 지독했다. 온몸에 도는 독소란 독소는 전부 뽑아낸 듯한 냄새였다. 비건이 되면 그런 일이

가능해지는 걸까. 여러 의미로 비건이란 대단한 존재인 듯하다. 혹은 그 선생님께서 전날에 과음을 했다거나.

§

이 글을 써두고 나서, 일본식 가정식 집에 다녀왔다. 뭘 먹을까 고민하다 낫토 정식을 주문했다. 〈슈퍼맨이 돌아왔다〉에서 건후와 나은이가 낫토를 무척 맛있게 먹던 모습이 떠오른 거다. 나는 낫토를 어렸을 때 이후로는 맛볼 기회가 없어 그게 무슨 맛이었는지 기억 잘 나지 않았다. 그리고 그런 데에는 다 이유가 있었다. 매우, 상당히, 무지 입맛에 맞지 않았다. 하지만 나는 편식을 하지 않는다는 글을 매우 자랑스럽게 썼다. 그래서 꾸역꾸역 먹어 치웠다. 자신이 쓴 글과의 약속 같은 것을 지키기 위함이었다. 맞은 편에 앉아 때깔 고운 연어 정식을 먹던 여자애는 미련하게 쳐다봤지만, 일전에 쓴 글로 인해 사람의 한 가지 성향이 완성되기도 하는 거다.

전철 앞 칸에 오르며

작업실 옥상에서는 뚝섬역의 지상 선로가 제법 이상적인 각도로 내려다보인다. 난간에 기대서 담배를 피우고 있으면 서너 블럭쯤 너머로 기다란 열차가 평화롭게 선로 위를 오고 가는 것이다. 열차가 유유히 역사를 거닐고 다니는 광경은 주변에 케모마일 향을 흩날려 어딘가 사람의 마음을 여유롭게 만든다. 나는 원체 담배를 천천히 피우는 편 임에도 종종 재가 다 타버리고 나서도 한참이나 넋을 놓고 바라보게 되는 것이다. 그러던 중에 새로 알게 된 사실인데, 전철은 생각보다 훨씬 조용한 교통수단이었다. 2호선 순환 열차가 뚝섬역을 지날 때 국한되는 얘기일지도 모르지만, 막연히 지상 역사 근처에 살면 소음 때문에 고생깨나 하겠다 생각해왔는데 별로 그렇지도 않은 모양이다. 나 같으면 방에서 지나가는 열차를 볼 수 있다면 그 정도 소음쯤은 얼마든지 감수할 수 있다. 그런데 수천 명이 올라타는 열차도 저렇게 조용히 다니는데, 스포츠카나 오토바이 한 대가 그토록 요란하게 다녀야 하는 이유는 무엇일까. 이따금 존재감을 과하게 어필하는 것들을 보면, 필자는 차마 지면에 옮겨 적지 못할 만큼 저속한 저주를 퍼붓곤 한다.

지하철을 이용할 때 특별히 급하지 않으면 늘 열차 맨 앞 칸에 탄다. 그렇다고 엉뚱한 칸에 탄다고 해서 발작을 일으킨다거나 하지는 않는다. 그냥 뭐랄까. 사소한 강박이다. 처음엔 그저 좌석에 앉아 책을 읽거나 노래를 듣고 있으면 대림역 무렵에서 갑자기 정신이 번쩍 들었다. 그리고 '어라? 그러고 보니 오늘도 맨 끝에 와 있잖아? 기묘하군, 기묘해.' 하며 기막혀하는 식이었다. 별다른 자각 없이 행해지는 습관이었던 것이다. 그런데 그런 일이 몇 년이나 반복되다 보니, 전철을 기다릴 때면 아무래도 어느 칸에 타느냐 하는 일이 의식되기 시작됐다. 사람의 뇌는 어떤 행위를 한 번 의식하기 시작하면 오래도록 그만두는 법이 없다. 그렇게 어느새 강박이 생겼다. 원인은 알 수 없는 노릇이다. 이 얘기를 상담 치료 중에 의사 선생님께 얘기해 보기도 했는데, 그다지 상대해주시지 않았다.

딱히 나쁜 습관이라고 볼 수는 없지 않을까. 따라서 고치는 게 좋겠다는 생각은 들지 않는다. 오히려 이러한 습관을 갖고 있는 덕분에 누리고 있는 이점도 두어 가지 정도 되니, 어쩌면 좋은 습관일지도 모른다. 일단 승강장에서 햄버거 패티가 되는 일을 피할 수 있지 않은가. 환승을 하더라도 위치상 일등 혹은 꼴등에 위치하니 말이다. 이따금 멀뚱히 서서 앞 사람이 전부 빠져나갈 때까지 기다려야 하는 단점이 있지만, 확실히 불필요한 신체 접촉을 최소화 할 수 있다. 그 점은 서로 더운 여름이나, 새 신발을 신은 날, 혹은 요즘처럼 전염병이 유행일 때는 꽤 요긴하게 작용한다.

또, 노상 맨 앞 칸에 타고 다니면 가끔씩 기관사님들의 근무 교대 현장을 볼 수 있다. 이건 나도 그리 자주 보는 장면은 아니니까 다른 일반적인 사람들에게는 더욱 생소할 텐데, 그것은 열차가 역에 머무르는 20초 남짓한 찰나에 이루어진다. 작은 문을 열고 조종실에서 나온 선발 기관사와 출입구에서 대기하던 후발 기관사님은 간단한 인사를 나눈다. 퇴근하시는 기관사님은 메신저 백을 고쳐 매고는 여느 승객과 다를 바 없이 지친 표정과 몸짓으로 승강장을 걸어가고, 교대한 기관사는 출입문을 닫은 뒤 열차를 출발시킨다. 뭐, 특별한 건 아무것도 없는 광경이다. 하지만 맨 앞 칸이 아니라면 절대로 보지 못할 장면인 건 분명하다. 그건 그렇고. 만약 후발 기관사가 제시간에 나타나지 않으면 어떻게 되는 걸까. 아무리 뛰어난 프로라고 해도 분명 일 년에 한두 번 정도는 지각을 하지 않을까? 아뿔싸? 세상 사람들이 다 자기 같은 줄 안다.

그러고 보면 사람들은 전철에 올라타 있는 동안엔 이 커다란 열차가 사람 손에 의해 움직이고 있다는 생각을 아예 하지 않는 것 같다. 그건 너무한 일이다. 열차의 기관사는 비행기로 따지면 기장이고, 배에서는 선장이다. 비행기에 올라탄 그 누구도 파일럿의 존재를 망각하지는 않는다. 유람선과 같은 배에서도 마찬가지다. 그들은 심지어 이 사회에서 선망과 존경의 대상이기까지 하다. 반면에 나는 장래 희망란에 아프리카 BJ라 적는 놈들도 수두룩하게 봐왔는데, 철도 기관사를 적는 친구는 본 적이 없다. 관련 학과 같은 게 있는지조차 모르겠다. 어쨌든 아무리 자동화 기술이 좋다지만, 그 시스템 너머에서 수고하는 사람의 손길을 망각하는 건 같은 인간들끼리 서로 좋을 게 하나 없다. 지하철은 서민들의 포르쉐요, 양민들의 전세기니라. 여하간 철도 기관사는 응당 파일럿이나 선장과 동등한 예우를 받아 마땅한 직업이라고 생각한다. 퇴근하시는 기관사님들의 뒷모습을 자주 지켜보다 보면, 이런 생각도 들고 그러는 거다. 기회가 닿은 김에 떠올려본다. 가깝다는 이유로 홀대하고 있을지도 모르는 감사한 이들의 얼굴을.

문행불일치

文行不一致

'마르크 드 스메트'는 「침묵 예찬」이라는 책에 침묵보다 아름다운 것이 아니거든 말을 하지 말라고 적었다. 나는 그 책을 잘 몰라서 침묵이 찬양씩이나 할 만큼 훌륭한 것인지는 알 수 없지만, 위의 작자 못지않게 자주 스스로 가능한 한 말을 아끼라고 되뇐다.

특히 기호를 드러내는 말은 철저히 자제하려고 애쓴다. 내가 뭘 좋아하는지, 또 뭘 싫어하는지에 대한 얘기 말이다. 타짜 곽철용에게 순정이 있다면 내겐 역시 취향이라는 게 있다. 그리고 그것들은 대부분 평범의 범주에서 멀리 벗어나는 법이 없다. 나는 가끔씩 별나 보이고 싶어 하지만, 알고 보면 나같이 싱거운 놈이 별로 없다. 문제는 그 취향이라는 것을 입 밖으로 옮기는 데 있는데. 이러쿵저러쿵 세상을 살아가다 보면 그런 시시한 얘기가 목젖까지 올라오는 경우가 더러 있다. 예를 들면 처음 만난 사람과 이야기를 나눌 때다. 그럭저럭 굴러가던 대화의 맥이 '탁' 하고 끊기더니 어색한 정적이 찾아올 때. 서로 뻘쭘한데 언제까지 얼음이나 휘젓고 있을 수는 없는 거다. 나는 나를 이룬 요소들에 대하여 말하는 게 싫다. 글로 적는 건 한결 낫고, 행동으로 보여주는 건 두 결 낫다. 어련히 알아서 헤아려준다면 아흔일곱 결 나을 것이다. 허구한 날 말로 떠들어 의미를 쇠퇴시키는 것보다야 별안간 뭐가 됐든 낫다. 사실 좋아하는 걸 좋아한다고 말하는 게 무슨 잘못일까. 그 마음이 듣는 당사자를 향하고 있지만 않다면 말이다.

말이 앞서는 사람이 밉다. 자신을 적극적으로 드러내고 싶어 하는 사람을 상대할 때면 나는 한순간도 안녕하지 못하다. 궁금하지도 않은 내용을 듣고 있어야 하는 것은 물론 고역이지만, 신나서 떠드는 와중에 툭 튀어나오는 무지를 발견할 때면 영혼 없이 붙들고 있던 입꼬리마저 괴로움에 비틀거린다. 그리고 그 순간 뇌에서는 거울 뉴런이 왕성히 활성화된다. 거울 뉴런은 타인이 느끼는 것을 마치 자신이 느끼는 것처럼 착각하게 만드는데, 그 유명한 '아프냐. 나도 아프다.' 같은 명대사도 거울 뉴런으로 인해 탄생한 것이다. 그렇게 나는 마치 스스로가 부끄러운 처지에 놓인 것처럼 고개를 떨군다. 나로서는 억울하다. 가만히 듣고 있었을 뿐인데 수치심을 느껴야 하니 말이다. 한데 앓는 내 마음을 어찌나 그렇게들 몰라주는지, 어떻게든 한 소절이라도 더 떠들고 싶어 안달 난 인간들이 날이 갈수록 늘어가고 있다.

또 위에 적은 내용을 아닌 척, 못 본 척, 모르는 척하는 노동은 고단하다. 때문에 내게 대화란 통 즐겁기가 어렵다. 나도 즐거운 대화를 많이 해야지 살맛이 좀 날 텐데. 하지만 그들이 뭐가 나쁘겠는가. 나쁜 건 이것도 싫고 저것도 싫은 내가 나쁘다. 이미 충분히 스스로를 한심스럽게 여기고 있는데 나쁘기까지 하다니. 좀처럼 자기애가 서질 않는다.

누군가 내게 주로 어떤 책을 보느냐 묻자 '주로 무라카미 하루키의 소설을 읽는다.'라 대답했다고 해 보자. 질문을 한 상대 쪽에서도 그저 사운드가 비면 어색하니까 뭐라도 때워보자 하는 식으로 물었다면 별문제 없다. 그런 대화라면 어차피 커피잔을 반납하면서 같이 버리는 법이다. 혹은 대답을 들은 상대가 꺼벙한 표정을 지으며 '하루키가 뭐예요?'하고 되물어 온다면 덜컥 호감이 가버릴지도 모른다. 반면에 눈을 동그랗게 뜨고 하이파이브를 청해오면 움츠러들게 된다. '얘가 뭘 좀 아네.' 하며 피를 나눈 형제를 만난 표정을 짓는다면 완전히 도망치고 싶은 심정이 되어버리고 만다.

대개 공감대를 형성한 대화는 자연적이거나 의식적으로 맞물린 공통분모 쪽으로 전개된다. 나도 그 자체를 싫어하는 것은 아니다. 암, 싫은 건 물론 그다음이다. 거의 틀림없이 이러한 대화의 결말은 상대와 나, 둘 중 한 명의 무지로 인해 변변치 않게 막을 내린다. 상대가 나보다 모를 때가 있고, 내가 상대보다 모를 때가 있다. 두 경우 모두 부끄럽다. 신나게 하이파이브도 쳤겠다 뭔가 통하는 부분이 있을 것만 같다. 앞으로 우린 좋은 친구가 될 수 있을 것만 같다. 그런데 막상 대화를 나눠보니 얄팍하기가 짝이 없는 수준이다. 나로서는 굉장히 힘이 빠진다. 겨우 그걸 가지고 하이파이브를 쳤다니. 그런 식이라면 도대체 얼마나 많은 사람과 손뼉을 부딪치고 살아야 한단 말인가? 세상에 손뼉 부딪치지 못할 상대가 어디 있단 말인가? 좋은 말로 할 때 아는 척 그만하라고 말하고 싶어진다. 하지만 그런 말을 하고 다녀서야 평판이 영 엉망이 되어 버린다. 속만 새까맣게 탄다.

'하루키? 유치하군.' 하는 반응이나 '그래, 역시 딱 그 정도일 줄 알았어.' 하는 반응은 더욱 곤란하다. 그런 반응을 일삼는 족속은 트럼프 대통령도 허걱! 하고 놀랄 신기한 대답을 꺼내 보여도 똑같은 표정을 지을 것이다. 몇 바퀴 굴러야 정신을 차린다. 입장을 바꿔 생각해보면 더욱 심란해진다. 상대가 내게 품을 경멸을 생각하면 쇳가루를 한 컵

들이킨 것처럼 속이 껄끄럽다. 누군가가 나를 비웃는다는 사실 자체만으로 피가 거꾸로 솟는데, 그 비아냥이 나의 무지로 인한 합당한 결과라면 오죽하겠는가. 거꾸로 솟았던 피가 다시 거꾸로 솟아 원위치로 돌아올까? 전혀 그렇지 못하다. 피가 좌우 반대로 돈다.

전국 팔도에 무지가 들끓고 있다. 내 것과 남의 것이 뒤섞여 펄펄 끓는다. 어쩌면 지구 온난화도 그 탓일지도 모른다. 우리들 전부는 아는 만큼만 떠들어야 할 필요가 있다. 그렇다면 아는 만큼만 떠드는 게 좋다고 말하는 필자, 과연 아는 만큼만 적고 있는가? 머리 박고 아주 싹싹 빌어도 모자란다. 나를 당신보다 많이 알고, 진지한 사람으로 여기는 사람들에게는 죄송하다. 동시에 말로는 형용 못할 감사를 품고 있다. 어느 마음이 더 커서 나는 이렇게 꿋꿋이 쓰고 있을까.

말 많은 상대는 기껏해야 얄미운 정도지만, 무지를 향해 경멸을 품을 때의 나는 정말이지 별로다. 그런 탓에 스스로 회의감이 자주 드는 요즘이다.

3

일단은 즐거운 일이라 했다

낭만을 주제로 글을 쓰기 위해 머릿속을 더듬다 보면 자주 학창 시절의 기억을 주무르게 된다.

추억을 떠올린다는 건 일단은 무지 즐거운 일이다. 멍하니 옛 생각을 하거나 그 시절에 사용하던 핸드폰 갤러리를 구경하다 보면 시간은 놀랍게도 훌쩍 지나간다. 편지를 모아둔 상자는 또 어떻고. 왜, 학교 때 친구들끼리 모여 맥주를 마시며 학창 시절 얘기를 하는 것만큼 간단하게 들뜨는 일도 별로 없지 않은가. 핸드폰 소프트웨어를 업데이트하다 에러가 나 사진첩이 날아가면 우리는 나라 잃은 슬픔도 저리 가라 할 정도로 슬퍼한다. 무지하게 소중한 거다. 추억을 떠올리게끔 하는 매개체란.

일단은 즐거운 일이라 했다. 추억을 물고 늘어져 잠시 감상에 젖어보는 건 마치 술에 취하는 것과 비슷해서 벌컥벌컥 들이킬 때는 한없이 즐겁기만 한데, 일단 흥이 고조되고 난 다음엔 어지간히 숙취가 지독하다.

마침 엊그제 그런 일이 있었다. 대학 후배 녀석과 내 중학교 동창 친구, 그렇게 셋이서 맥주를 마셨다. 이런저런 얘기를 하는데, 후배 녀석이 우리에게 전주에서 인기깨나 누렸던 자기 학창 시절을 자랑하는 거다. 술도 조금 마셨겠다, 듣고 있자니 이것 참, 나도 가만히 듣고 있을 수만은 없었다. 유치한 줄 알면서 나도 내 자랑을 좀 했다. 친구 녀석까지 합세해 나를 한껏 치켜세워 주었다. 서로 자기가 더 잘났네 하는 말씨름을 하고 있자니 정말 오랜만에 깔깔거리며 웃었다. 거기까진 좋았는데. 이내 우리는 씁쓸해졌다.

결국 마지막에 가서는 결코 돌아갈 수 없다는 사실을 절감하는 거다. 학교 때 누렸던 인기 같은 걸 말하는 게 아니다. 그 시절의 나와, 우리. 그 잔상들은 결국 기억 속에서만 존재하는 환영과 같다는 걸 인정할 수밖에 없었다. '아, 그때가 좋았지.' 혹은 '아, 돌아가고 싶다.' 따위의 말들을 너도 나도 얘도, 쟤도 '아' 하는 탄식을 빼고는 한마디도 하질 못한다.

개중에는 일단 한 차례 추억에 대한 회포를 풀었으니 그에 힘입어 현실을 헤쳐나가는 놈이 있고, 그 여운에서 벗어나질 못해 언제까지고 허우적거리는 놈이 있다. 나는 매번 후자였다. 그래서 앞으로는 자리가 옛날 이야기로 흥이 오르거든 미리 마음의 준비를 하기로 했다. 얼추 장단만 맞추자. 회상도, 말도 너무 많이 하지 말자. 무턱대고 신나버리면, 저도 모르게 너무 깊이 회상해버리면, 결국 서글퍼진

158

다.

하지만, 똑같은 얘기를, 똑같은 애들끼리 모여 자리만 바뀐 채 반복하게 되는 걸 보면, 그 둘은 근본적으로 크게 다르지 못하다. 추억이라는 강력한 낭만 앞에서는 현실적인 놈도, 이상적인 놈도 하등 장사 없다.

삼삼오오 모여 술기운을 곁들여서라도 애써 상기시키지 않으면 기억 속에서 영영 사라져 버릴지도 모르는 가련한 옛 추억들. 해가 묵을수록 속상한 일이다. 이럴 줄 알았으면 더 많은 기록을 남겨둬야 했다. 입에서 입으로 남겨도 좋고, 사진도, 글도 아무럼 다 좋다. 뭐가 됐든 더 많은 추억 거리를 만들어야 했다. 하지만, 그때는 미처 몰랐는걸. 그저 성인이 되면 훨씬 더 재미난 일들이 마구 일어날 줄 알았는걸.

학교에 졸업생 형 누나들이 놀러 와서는 '너네 힘들지? 힘내라. 학교 때가 그리울 거다.' 하고 지나가면 뒤에서 몰래 뻑큐를 날렸다. 학교가 그렇게 그리우면 가끔 놀러 오면 그만일 거라 생각했다. 나 참, 웬 폼을 저리 다양하게 잡나 싶었다. 어리석었지.

엄마에게 물어봤다. 엄마도 학교 다닐 때로 돌아가고 싶다는 생각해? 엄마 대답이 '응, 당연하지. 나는 돌아가면 자격증 있는 직업을 가질 거야. 약대 같은 데 가서. 내가 예슬이 낳기 전에 너네 작은삼촌이 약대에 합격하면 학비를 대주겠다고 했어.'란다. 글쎄, 이렇게나 접근 방식이 다르다. 나는 나이를 먹어도 학창 시절을 생각하면 막 슬퍼지고 그러는 거냐고 물으려던 건데.

질문의 의도와는 다소 빗긴 대답이었지만, 엄마의 대답을 듣고는 차라리 안심이 되었다. '아, 그때로 돌아갈 수만 있다면'에 비해 '아오, 그때 공부를 좀 더 해야 했는데' 하는 건 그다지 아픈 줄 모르겠다.

나는 낭만을 언제나, 어디에나 있는 것이라 믿고 싶다. 다만, 그게 늘 눈에 보이지는 않는다는 것쯤은 알고 있다. 언제나, 어디서나 무수히 다양한 형태로 우리들 일상에 녹아 있지만, 그러니만큼 특별히 관심을 갖지 않으면 못 보고 지나쳐 보내기 십상이다.

이 세상은 그리 호락호락한 곳이 아니다. 좋은 걸 좋은 대로 내버려 두지 않는다. 툭하면 우리들 눈에 효과 죽이는 선글라스를 씌운다. 비관이다. 그 짜증스러운 시선을 통해 세상을 바라보게 된 우리는 한 치 앞을 경계하는 일에 온

신경을 쏟게 되어 낭만 같은 건 잘 취하지 못한다.

의학적으로 기억은 왜곡이 가능하다. 즉, 조작이 가능하다. 하지만 그렇다고 해서 꼭 지나간 일들이 아름답게만 기억되는 현상을 향해 기억이 왜곡됐다 단정 지을 수는 없다. 시간이 지나야 진가를 발휘하는 낭만도 있기 때문이다. 학창 시절이란 그러한 설익은 낭만의 농도가 매우 높은 시기다. 그리고 나는 그 설익은 낭만이 가장 때깔 좋게 영근 때를 보내고 있는 듯하다.

학창 시절이라 해봐야 내겐 그다지 멀지 않은 시기다. 때문에 아직까지는 어렵지 않게 생생한 기억을 떠올려 낸다. 길을 걷다 우연히 캐치한 냄새나 온도 따위가 지나치게 선명한 기억을 떠오르게 할 때면 눈물이 왈칵 쏟아지려 한다. 후각은 특히 힘이 세다. 많은 이들이 공감할 텐데, 후각은 다른 감각들과 달리 시상이라는 기관을 거치지 않고 뇌로 직접 전달되기 때문에 유독 힘이 세다. 정말로 그렇다.

그런 것들을
모조리 사랑했다

어릴 적, 학교 공부에는 소질 없었다. 혹은 공부를 그렇게 싫어했어도 성적은 매번 중간 이상은 갔으니까, 그거 어쩌면 소질이었던 걸지도. 농이다. 어림없는 소리. 만약 울엄마가 공부방 선생님 말고 다른 일을 하셨더라면, 그래서 기말고사 일주일 전부터 공포의 쓴맛 개인 과외를 받지 못했더라면, 중간은 개뿔 어림 반 푼어치도 없었겠지. 이렇게 말하면 나보다 성적이 낮았던 친구들 입장에서는 '부모님께 과외를 받다니, 완전히 거저먹기 아니냐?' 하며 분노하겠지만, 그게 생각처럼 간단한 일은 아니었다. 시험을 앞둔 엄마의 가르침은 8개국의 육해공군이 힘을 모아 한날, 한시, 한곳에 맹공을 퍼부었던 노르망디 상륙작전을 연상케 하는 것이다. 해본 사람들은 알겠지만, 한 학기에 걸쳐 공부해야 할 내용을 일주일 안에 흡수하기란 쉬운 일이 아니다. 엄마는 총사령관으로서 수학은 바다, 국어는 육지, 영어는 하늘, 육해공을 막론하고 엄청난 양의 정보 폭격을 내게 쏟아부었다. 그렇게 빗발치는 맹공 속에서는 웬만큼 두뇌 능력이 받쳐주지 않으면 아무것도 머릿속에 남지 않는다. 허나 나는 매번 적지 않은 무언가를 남겼고, 뇌가 1년 중 11개월이나 휴가를 떠나도 중상위권 성적을 유지했다. 그런 생각을 하면 나의 뇌 어딘가에는 분명 예사롭지 않은 구석이 숨겨져 있을 것만 같다.

반면, 공부와는 아무래도 상관없는 얘기지만, 나는 타고
난 몽상가였다. 이렇게만 적으면 무슨 비상한 발상을 껌 씹
듯 쉽게 해서 도내 과학 발명 대회를 휩쓴 것처럼 보일지
도 모르겠다. 그건 역시 사실이 아니다. 내 말은 단지 어릴
적부터 상상이라는 행위 자체를 좋아했다는 뜻이다. 악명
높은 중2 시절에는 앱스토어에서 미국 계정으로 다운받은
'Full HD wallpaper' 어플리케이션을 탐닉하는 것이 노상
즐기던 유일한 취미였다. 침대 한켠에 앉아 눈에 불을 켜고
수백 수천 장의 사진들 사이에서 보물을 찾는 거다. 호숫가
를 마당 삼은 별장, 하늘을 떠다니는 열기구 아래 산골 마
을, 눈으로 뒤덮인 골짜기 통나무집, 오로라를 지붕 삼은
이글루, 지프차를 바람막이 삼은 모닥불과 해먹, 지중해 한
가운데의 요트, 일목요연하게 줄 선 파스텔 톤 아파트, 기
하학적 패턴의 알록달록한 꽃밭, 금발 곱슬머리가 스케이
트보드를 타고 내려가는 가파른 언덕, 차고와 앞마당 딸린
서양식 주택, 캘리포니아 해변의 해 질 녘 풍경 따위. 그런
것들을 모조리 사랑했다. 사랑이라. 사랑한다는 표현, 무지
아끼는 편이다. 이렇게 거침없이 내뱉은 건 정말 오랜만이
다.

선별된 보물은 사진첩에 다운로드받아 나의 소유물로 만들었다. 나는 그것들을 찬장에 두고 아껴 마시는 고급 위스키처럼 가끔씩만 꺼내 보았다. 사진첩의 '보물' 폴더는 버썩 마른 나무 헛간이었다. 중2 특유의 감수성은 그곳에 들이 부어진 휘발유였고, 풍부한 상상력과 타고난 몽상가 기질은 올림픽 성화보다 뜨거운 횃불이었다. 나는 마치 불길에 사로잡히듯이 이미지 속 세계로 빨려 들어갔다. 나루터에 앉아 바닥이 훤히 들여다 보이는 호수에 발을 담그고, 수면의 일렁임이 발목을 간지럽히는 것을 느꼈다. 곧장 뒤돌아 펼쳐진 눈밭 위로 폐가 찢어질 때까지 달릴 수도 있었다. 그런 뒤, 모닥불에 손발을 덥힐 수도 있고, 사진에서는 보이지 않는 프레임 너머로 직접 걸어가 여행할 수도 있었다. 그곳에서는 때때로 여인을 만나 몇 마디 짧은 대화를 나누기도 했고, 붉은곰을 맞닥뜨려 일대일로 싸움을 하기도 했다. (내가 이겼다.) 이렇듯 상상 속에서 보낸 시간들은 황금빛 아편처럼 황홀하고, 애절하게 중2 특유의 독고다이 풍 사색을 다독여 줬다. 발레 학원을 마치고 집으로 돌아오는 88번 버스에서는 아이폰4를 꼭 쥔 채 황홀함에 눈물도 여러 번 뺐다. 하지만 그때로부터 10년도 더 지난 지금은 33,000원 하는 사진집을 사서 보아도 당시 감흥의 10

분의 1도 느끼지 못한다. 지면 속으로 1cm도 뚫고 들어가지 못하는 것이다. 뇌가 딱딱하게 굳어 버린 기분이다. 감동의 샘은 퍼석하니 말라버렸다. 과거 자신을 꼭 감싸주던 존재로부터 어떤 위로도 얻지 못하게 되는 것은 상상 이상으로 서글픈 일이다.

사진에는 감흥을 잃었어도, 내겐 아파트가 있었다. 아파트를 바라보는 일은 늘 즐거웠다. 서울이든 베를린이든. 파리, 바르셀로나 도쿄, 시칠리아, 한 곳도 빠짐없이. 오클랜드와 암스테르담을 빼먹어서는 안 되겠지. 우두커니 서서 먼발치의 아파트를 바라보는 시간은 훌쩍 자란 내가 삶의 낙으로 여기는 순간 중에 한때이다. 공감할 이가 몇이나 될까. 아무래도 길을 걸을 땐 유튜브를 보거나 노래를 듣는 이들이 더 많겠지. 별안간 나는 어느 아파트에 한번 꽂히면 그냥은 못 지나친다. 뭘 어쩌냐면, 가능한 한 오래도록 멈춰 서서 바라본다. 후각은 기억의 촉진제 역할을 하기에 숨을 깊이 들이 마시며 잠자코 이미지를 눈에 담는 것이다. 떠날 때가 다가오면 아쉬운 걸음을 내디뎌야 한다. 그럴 때, 아파트를 통째로 본떠다 머릿속에 한 채 지어 두었다 생각하면 심심한 위로가 되었다.

이따금 다년에 걸쳐 마음에 담아 둔 아파트들이 한데 모여 자그마한 도시를 이룬 상상을 한다. 우주 어딘가에 작은 행성이 하나 있고, 그곳에 애정이 어린 건물들이 옹기종기 서 있는 거다. 여기저기서 한 채, 두 채 품에 새기고 다녔더니 기껏해야 마을 수준이었던 게 언젠가 어엿한 도시의 행색을 띠는데, 그곳에서 우리와 닮은 생명체들이 볕도 쬐고, 비도 맞고, 눈도 맞아가며 알뜰살뜰 살아가고 있는 상상을 하면 말랑말랑하니 안락한 기분이 든다. 물론 아파트만 한가득이라면 도무지 낭만이 없는 행성이겠지. 필히 건널목에 아이스크림 가게쯤은 있어 줘야 한다. 햄버거 가게가 없다면 그 또한 아쉬울 것 같아 몇 주 전쯤엔 서래 마을의 '브루클린 버거'를 한참 동안 바라보며 꼭꼭 아로새겨 두었다. 뒷골목 레코드 샵은 멋 부리지 않는 연남동의 '김밥 레코즈'로 지어 줬다. 비록 실오라기 한 털 실체 없는 가상의 공간이지만, 번듯한 아파트를 한 채도 아닌 소도시 규모로 소유한다는 건 기분 좋은 일이다. 누구나 한탕 크게 벌어 건물주가 되는 꿈을 꾸곤 하니 말이다.

저 멀리 불 켜진 방을 바라보고 있노라면 그것이 마치 내게 무언가 말하려 하는 것만 같다. 살랑거리는 커튼의 실루엣과 빛의 일렁임 따위는 우물거리는 입 모양. 베란다에 이불을 걷거나 담배를 피우러 나온 이들의 모습은 입술을 짓뭉개러 나온 앞니. 불 꺼진 방은 무언가 숨기려 하는 뉘앙스다. 그러면 나는 '입 다문 방아, 침묵하고 싶을 땐 하등 생각 없는 놈처럼 구는 게 젤루 좋은 거여.' 하며 한 수 가르쳐 준다.

트럭커 재킷이나 맨투맨을 그럭저럭 부담 없이 꺼내 입기 시작하는 10월 어느 무렵이다. 퇴근 후 담배를 한 대 태우느라 근처에 잠시 머무르는데, 지구의 해 질 녘을 설명할 때 삽화로 그려 넣을 만한 자몽 빛으로 하늘이 물들어 있었다. 낮에 내린 비가 먼지를 깨끗이 씻어 시야가 맑고 코끝이 상쾌했다. 우수에 젖어 연기를 뱉고, 기지개를 켜며 모처럼 여유를 부렸다. 곧장 아파트 한 채가 눈에 들어온다. 등잔 밑이 어둡던가. 매일같이 스쳐 지나던 것이 오늘따라 매력적이다. 새삼 뜯어 살펴보니 사뭇 특별한 구석이 있다. 콕 집어 뭐라 말하기는 어렵지만, 뭐랄까 빈티지한 맛이 있다. 나는 빈티지라면 사족을 못 쓰는 경향이 있는지라 얼른 필름 카메라를 꺼내 한 셔터 딸깍 담았다. 인화를 하거든 대단한 그림이 나오리라. 그렇게 담벼락에 기대 담배를 마저 피우는데, 영 개운치가 않다. 암만 쳐다보고 있어도 불 켜진 방도, 불 꺼진 방도 그다지 재미나질 않는 거다.

다른 재미들이 벌써 그렇게 됐듯이 이 짓도 이젠 질려버린 걸까. 하긴, 스스로 애써 챙기는 행복도 슬슬 약발이 떨어져 간다 적은 때가 2017년이다. 나는 또 서글퍼질까.

무지하게 먼 곳에서 내려다보면 사람 사는 세계란 거창하게 수사할 것도 없다. 극단적으로는 단지 불 켜진 방과 불 꺼진 방으로 구분 지을 수도 있는 것이다. 뭐가 더 있겠는가. 불 켜진 방은 삶이고 불 꺼진 방은 죽음이다.

운동화보다 구두가 편하다

예고에 편입하기 전까지 나는 부천 토박이나 다름없었다. 서울에 갈 일이라고는 일 년에 서너 번, 친구들과 명절에 탄 용돈을 주머니에 품고서 동대문 같은 곳에 쇼핑 원정을 떠나는 것이 전부였다. 그마저도 신나게 출발해서는 돌아오는 길엔 기가 쭉 빨려 다 같이 입을 모아 부천이 최고라 했다.

서울 예고 편입 시험에 합격했을 당시 무척 가슴이 벅찼다. 앞으로는 등교를 서울로 해야 할 일이다. 그것도 매일매일. 그 사실은 내게 영화 속 주인공이 누리는 뉴욕 라이프처럼 화려하게만 느껴졌다.

1분도 걸리지 않는 초등학교와 5분 거리인 중학교에 다닐 때도 노상 지각을 일삼던 나지만, 부자 동네라 정평이난 평창동이라면 2시간 걸려 등교해 2시간 걸려 하교하는 일 따위쯤은 아무래도 좋았다. 동네 친구들과의 작별도 하나 슬프지 않았다. 더 큰 세계로 떠난다는 설렘뿐이었다.

어렸던 내게 서울의 구성원이 된다는 건 곧 어엿한 사회의 구성원이 된다는 것을 의미했다. 그렇기에 시퍼런 새벽에 1300번 버스를 타고 양화대교를 건널 때면 피곤에 절어다 죽어 가는 사람들 사이에서 나 혼자만 번쩍번쩍 눈을

171

굴렸다.

버스에 올라타는 사람들이 왜 그렇게까지 피곤에 절어 있는지 이해가 되지 않았다. 그때는 잘 몰랐던 거다. 이제 막 예고에 입학한 십 대와 벌써 몇 년째 같은 버스에 올라 탔고, 앞으로 몇 년이나 더 그래야 하는지 장담할 수 없는 어른들 사이에는 우주만큼 큰 차이가 있다는 거.

마포 동교동에서 버스를 한 차례 갈아타 학교 근처 정거장에 내리면 교문까지 작은 언덕을 올라야 했다. 그 언덕엔 늘 외제 차들이 줄을 서 있었다. 처음 보는 차에서 처음 보는 애들이 처음 보는 표정을 지으며 내렸다. 차에는 하등 관심 없었지만, 무척 좋은 차들이라는 건 알 수 있었다. 차를 타고 등교해 교문 앞에서 내린다니. 그게 어디 가당키나 한가? 나는 이전 학교에서 스케이트보드를 타고 등교했다가 일주일간 압수당했다. 학생이 선생님 차보다 몇 배는 더 비싼 차를 타고 등교하는 건 정말이지 낯설었다.

그렇다고 모든 학생들이 롤스로이스에서 내리는 건 아니었다. 나처럼 대중교통을 이용하는 애들도 많았고 사설 셔틀버스를 타는 애들도 많았다. 하지만 낯설었던 건 교우들의 집안 재력뿐만이 아니었다. 머리망을 하고 등교하는 애

172

들, 등에 자기 덩치보다 큰 악기를 메고 다니는 애들, 복도 벽에 30㎝ 정도 간격으로 죽 늘어서 있는 동양화니 서양화니 하는 작품들, 허구한 날 울려 퍼지는 연주 소리, 전부 낯설기만 한 요소들이었다. 무용과는 자태가 달랐고, 미술을 하는 애들은 또 다른 면으로 달랐다. 성악을 하는 애들은 웃음소리가 미친 듯이 우렁찼다. 눈만 돌리면 낯선 게 나타났다. 어디 낯설기만 했겠는가? 아, 내가 여태 우물 안에서 주름을 잡았구나 싶었다.

비록 낯설기는 했어도 나는 새로이 맞닥뜨린 환경이 마음에 들었다. 기대만큼이나 화려한 생활이었다. 학교 안팎 구분 없이 구두를 신어야 한다는 교칙은 어이가 없을 만큼 마음에 들었다. 복도라면 응당 반쯤 찢어진 삼선 슬리퍼를 찍찍 끌고 다니는 것이 털털하니 내추럴한 멋이라 생각해 챙겨갔더니 그게 아니란다. 구두를 신으란다. 그러고 보니 애들이 죄다 구두를 신고 있었다. 눈알이 띠요옹하고 튀어나올 뻔했다. 그때 들인 버릇 때문인지 나는 지금도 운동화보다 구두가 편하다.

눈이 오나 비가 오나 가죽 웡팁을 신었다. 1교시가 실기수업인 날도 적지 않았는데, 그런 날이면 꼼짝없이 하루 종

173

일 연습복 신세를 면치 못함에도 불구하고 무지하게 멋을 냈다. 하여간 누가 보기에도 고등학생으로는 보이지 않는 차림을 하고 다녔다. 겨우 고등학교 1학년짜리가 무스탕 재킷이 웬 말인가.

무엇보다 우리 학교는 예고 중에서도 특히 남학생 비율이 낮았다. 날이면 날마다 처음 보는 여자애들하고 눈인사를 주고받는 거다. 한동안 같은 반 친구가 '쟤는 누구고 쟤는 누구야. 저 누나는 미술과, 아까 그 누나는 무용과.' 하고 옆에서 알려주는데도 숙지하는데 시간이 꽤 걸렸다. 가슴이 터질 듯이 설레는 나날이었다. 2시간 일찍 일어나는 것쯤이 뭐가 문제랴. 시시해 빠진 인생에 화려한 새 막이 열렸다.

하지만, 세상의 이치가 그렇듯 사람은 그리 쉽게 변하지 않았다. 얼마간 시간이 지나고 나자 내게 평창동은 과장 조금 덧붙여 가까운 외국만큼 먼 곳처럼 느껴졌다. 2시간에 걸쳐 아침 8시까지 등교한 뒤, 저녁 10시까지 실기 수업을 듣고는 다시 2시간에 걸쳐 집으로 돌아가는 생활은 고달팠다.

새 환경의 거품이 잦아들자 남은 건 순 정신력으로 버텨

174

내야 했다. 교칙 덕분에 윗팁은 포기하지 않을 수 있었다. 다만 언제부턴가는 입고 벗기 편한 연습복을 입고서 버스에 올라타면 기절하듯이 잠에 들었다. 양화대교를 지나는 일은 더이상 설레는 일이 아니었다. 강 너머로 보이는 63빌딩은 그저 내릴 때가 다가왔음을 알려주는 흉측한 기물에 불과했다. 나중엔 잠이 하도 부족해 복도에서 폼 잡고 서 있다 여자애들이랑 눈빛 나누는 것도 포기해야 했다.

잠이 부족한 것은 어쩔 수 없는 일이었다. 그런 것쯤은 어떻게든 참아졌다. 거기까진 피곤하긴 해도 설레는 일들이 더 많았다. 허나 명문 예술 고등학교에 입학해 명문 예술 중학교를 나온 동료들 사이에서 전공 실력으로 인정을 받기란 여간 버거운 일이 아니었다.

내가 동네 피시방을 전전하며 일 년에 서너 번 동대문으로 쇼핑을 다닐 때, 그 애들은 내로라하는 애들끼리 모여 최고의 메소드를 기반으로 철저한 교육을 받았다. 독해지지 않으면, 도태되어 나가떨어질 거란 직감이 들었다. 나도 내 동네에선 한 가닥 했으니 자존심이라는 게 있었다. 그때부터는 설레는 일보단 노력해야 할 일과 분발해야 할 일들이 눈에 들어왔다. 평창동 명문 예술 고등학교가 자아내는 정서와 나의 지극히 일반스러운(?) 정서가 서서히 부조화의 그림자를 드리우기 시작했다.

나비 효과

툭하면 뚝 하고 모가지가 부러지려 하는 그 변화무쌍한 바람 속에서, 그 애를 만났다. 우리가 17살 때였다. 두 번은 없을 만큼 모든 것이 아름답기만 한 17살이 우리 곁을 절반쯤 지나치던 때였다.

우리는 고등학교 시절 절반을 꼭 붙어 함께 했다. 꼭 붙어 함께 했다 적긴 했는데, 그 애는 부천에서 학교를 다니고, 나는 서울로 통학을 했기 때문에 문자 뜻 그대로 노상 꼭 붙어 있지는 못했다. 다만, 정서적으로 그랬다는 얘기다.

그 애는 글을 동경했다. 멋진 글을 짓는 사람을 동경했다. 우리는 달랐다. 나는 그저 잠이 모자랐고 발레를 잘하고 싶었다. 글? 그게 뭐람. 고등학생이 되고부터는 시험을 보면 그나마 몇 문제 손에 잡히는 건 문학밖에 없었지만, 그 50분조차 끔찍이 끔찍했다. 나는 글을 동경한다는 것이 당최 어떤 의미를 갖는지 손톱만치도 헤아리지 못했다. 그저 이따금 그 애가 써주는 재미난 편지를 읽을 때면 막연하게 손재주가 좋은 애라고 생각했을 따름이다. 그러니까 편지를 재미있게 쓸 줄 아는 그 고귀한 능력을 비단 손재주라 싸잡아 여길 만큼 나는 무지했다.

178

글을 동경한다는 거, 그게 뭔지 어렴풋이 알게 된 건 우리가 헤어지고 얼마 뒤였다. 우연히 그 애가 자기 블로그에 쓴 글을 엿보게 됐다.

우리가 어떻게 헤어졌건, 어른들이 어릴 적 사랑을 얼마큼 과소평가하건, 내겐 그 애와의 이별조차도 아름다운 일이었다. 그 애가 빠진 일상에 적잖이 쓸쓸해 하고 또 마음 아파하면서도 그마저 특별히 여겼다. 그러니 그 애가 썼다는 글이 내 앞에 나타났을 때, 이 가슴이 얼마나 뛰었겠으며, 얼마나 호기심이 치솟았겠는가.

지금에서야 그 문장들을 회상하거든 감정은 옮겨 적되 생각은 꼭꼭 숨겼구나. 눈물은 흘려 넣되 손은 떨지 않았구나 하는 짐작을 할 수 있다. 하지만 당시의 난 소양이 심히 부족했다. 언제든지, 몇 번이고 반복해 읽을 수 있음에도, 게다가 그 글이 몇 문장 되지 않음에도 불구하고 나는 그 애가 그 문장들을 통해 말하고자 하는 게 무엇인지 알지 못했다. 아니, 의미나 서사 따위는 제쳐두고, 일목요연하게 나열된 낱말들을 쫓아 머릿속에 어떤 그림을 그려보는 것조차 무리였다.

눈알이 돌아버릴 만큼 궁금했던 것이 떡 하니 눈앞에

나타났는데 아무것도 확인할 수 없는 그 무력감. 소양이 부족한 제 탓인 줄은 모르고 글을 어렵게만 쓴 필자를 원망했다. 나는 안달이 났다. 책을 많이 읽는다 자랑하던 동네 누나에게 전화를 걸어 해석을 부탁할까 고민까지 했다.

다만, 몇 번을 끈질기게 반복해 읽었더니 어떤 서글픈 감각은 들었다. 이런 거였다. 영혼이 육체에서 빠져나가듯이 그 애랑 함께했던 시간들이 내게서 빠져나가 어느 먼 해변에 이르러서는 끊임없이 부서지는 파도, 흩어지는 모래, 그리고 내리쬐는 땡볕과 함께 영원히 그곳을 맴돌 거라고. 또 우리는 영원히 그 장면들을 가끔씩만 기억 속 깊숙한 곳에서 꺼내 볼 수 있을 거라고.

가장 찬란하게 투명했던 한때가 져버리려 하는 그 감각. 그러한 애절한 감각이 죄다 뭉뚱그려져 내 안에 그 애를 향한 동경으로 정제되었다. 그때, 나는 글을 동경한다는 것이 어떤 의미인지 왠지 알 것 같았다. 아니, 무언가를 진정 동경한다는 게 뭔지 알 것만 같았다.

나비 효과는 그렇게 시작됐다. 17살의 우리가 정서적으로 교감한 그때 말이다. 나는 그 애를 많이 좋아했던 나머지 잔뜩 물들어 버렸고, 내 안에 자리 잡은 그 애를 향한 동경은 굳건했다.

대학 신입생 시절은 말도 안 되게 가혹했다. 대학 생활 내내 나의 영혼은 철저히 고통만 받았다. 나는 그 시간을 버텨내고자 학교 지하 도서실로 숨어들었다. 나를 괴롭게 하는 것들은 신기할 만큼 도서실 근처에는 얼씬도 하지 않았다. 그곳에서 락 페스티벌이 열리는 소설도 읽었고, 시간을 달리는 소녀도 읽었다. 동성애 소설도 봤고 판타지 소설도 봤다. 그게 어느새 도서실로 향하던 걸음이 서점을 향하게 되었다. 무라카미 하루키의 에세이를 시발점으로 일본 소설 위주로 책을 사기 시작했다. 그렇게 서점에서 사 온 책들이 자취방 책장에 쌓이기 시작했다. 책장에 책이 들어차자 눈앞엔 어느새 워드 프로그램이 놓여 있었고, 어느새 나는 새벽에 혼자 앉아 생애 첫 소설을 쓰고 있었다. 그다음은 걷잡을 수 없이 휘몰아쳤다. 어느새 나는 학교 따위 다니기도 싫어졌고 더이상 춤도 추고 싶지 않아졌다.

나비 효과라는 것은 참말 무섭다. 학창 시절에 한 여자애와 사귀었을 뿐인데, 그게 어느새 구렁이 담 넘어가듯 나를 글을 쓰는 사람으로 만들었다.

그렇다면 이건 마치 순정일까. 한 여자를 잊지 못하고 그녀와의 재회를 꿈꾸며 작가가 되는. 그런 거.

확실히 그렇게까지 로맨틱한 이야기는 못된다. 역시 나는 순정이나 로맨틱 따위의 말랑거리는 단어보단, 딱딱하기 그지없는 나비 효과라는 단어를 고르고 싶다.

그럼에도 시점에 따라서는 이런 얘기, 분명 순정이라면 순정이고, 로맨틱이라면 로맨틱이다. 하긴 일이 이렇게까지 흘러온 이상, 내가 글쓰기로 성공을 거두거든 그 애 덕분이고, 망해버리거든 그 애 탓이다.

쾌재다. 그 애, 절대 나한테 피해 끼치지 않으니까 아무래도 나는 이러다 그럭저럭 글로 성공할 모양이다.

지극히 개인적이고
추상적인 이인무
二人舞

소란스러운 하루를 보내고 난 새벽이면 시간은 길게 늘어져 우울 앞에 넘실거렸다. 새벽에 우울이 스며든 것인지, 우울에 새벽이 녹아든 것인지 모를 일이다. 그대로 우울함에 빠져 있거든 오감을 전부 잃는다 해도 기분을 고쳐먹을 생각이 들지 않는다. 한 가지 고백하자면, 내겐 그 대가가 다름 아닌 목숨이라 해도 그다지 아쉽지 않던 날들이 있었다.

여러 밤, 무의식에 빠져 가상의 상대와 대화를 나눴다. 그들은 주로 나를 의심하고, 추궁하고, 몰아붙였다. 실은 대화라기보단 말싸움에 가까웠던 것이다. 하루에도 몇 번씩 누군가에게 열변을 토해내는 내 뒷모습을 떠올렸다. 때로는 고함을 지르고, 때로는 논리로 압살하기 위해 평정을 고수했다. 단순한 말싸움이 아니었다. 나치스의 사상검증을 연상시키는 피 말리는 신경전이었다. 늘 비슷한 패턴이었다. 상대는 날 어떻게 생각할까. 저 질문의 의도는 뭘까. 함정이 숨겨져 있지 않을까. 뭐라고 대답하면 좋을까. 어떻게 압도할 수 있을까. 그렇게 되면 상대는 날 어떻게 생각할까. 그다음은 뭐라 말할까. 잠깐, 누구한테 하는 말이더라? 뭐라고 하려 했더라? 도대체 내가 지금 뭔 소리를 하고 있는 거지? 생각이 생각을 낳고, 꼬리가 꼬리를 물었다. 늘 피

칠갑이 되는 건 내 쪽이었다. 머리통이 전원이 꺼지지 않는 라디오가 되어 버렸다. 온갖 주파수를 죄다 도청하고, 해석하고, 확대했다.

혼자서도 혼자일 수 없는 산만함에서 비롯되는 어떤 가연성은 사람을 무척 난폭하게 만들었다. 침대에 누워 눈을 질끈 감고 의식의 강제 종료 버튼을 마구 누르고 있으면, 어느새 주먹이 꽉 말아 쥐어져 있고, 목에 힘이 잔뜩 들어 이를 빠득빠득 갈고 있었다. 병원에서는 근육 이완법과 호흡법을 배웠는데, 그건 관자놀이를 은 십자가 말뚝으로 후려 찍어도 눈 하나 깜짝 않는 흡혈귀 앞에서 바하만야바라밀다심경을 외우는 것과 같았다. 안 하는 것보다야 조금 나은 것이다. 그렇게 하루를 꼬박 새우고 나면, 누가 무슨 말을 해도 일단 짜증부터 난다. 길에서 어깨라도 부딪히거든 곧장 따라가 똑같이 갚아준다. 그리고 그 상대가 나이 지긋한 어르신이었다는 걸 깨닫고는 참회와 비참함이 마구 뒤섞인 눈물을 참느라 입술을 꾹 문다.

혼자 있고 싶다는 생각은 점점 커져갔다. 이내 온 의식이 점철되었다. 방을 침침한 주황빛 조명으로 채우고 조용히 문을 걸어 잠갔다. 하지만 이 신비로운 뇌는 어찌 그리

냉정한 건지, 그리 간단히 혼자가 될 수 없다는 사실을 필요 이상으로 똑똑히 인지하고 있다. 문 뒤로 숨었을 뿐이라는 거다. 젠장, 달리 어디로 가란 걸까. 그나마 편히 눕는 곳이 이 방인데. 두 발을 나란히 딛고 서 눈을 감고 호흡을 고른다. 여태 평온한 줄로만 알았던 숨이 하염없이 박자를 늦추는 거, 분명 어떤 식으로든 무리해왔다는 증거다. 폐를 부풀렸다 쥐어짜기를 반복한다. 뇌가 방을 혼자만의 공간으로 인식하길 기다린다. 아무도 없다. 나밖에 없다. 아니, 나조차 없다. 하며 수 차례 되뇐다. 하지만 오직 말만이 쉽다.

내가 비록 뭐하나 진득하니 끝장을 보지 못하는 우유부단한 놈이지만, 그 나름대로는 삶에 가치를 부여하는 과정에는 필사적이었다. 존엄을 위해 역사에 남지 못할 전격전을 무던히 치러온 것이다. 잘 싸워 이긴 전투도 몇 있는지라 때로 자만하기도 했다. 그런데 이거, 정신을 차리고 보니 본진이 털려 있었다. 그러니까, 최전방에서 땅 한 뼘 더 차지하기 위해 싸우는 동안 수도에 집중 폭격을 당한 것이다. 세상에 스며들기 위해 애먼 싸움을 했다. 그동안 개인의 존엄성은 입자 고른 먼지가 되어 손가락 사이로 빠져나갔고, 그 자리를 타인의 형상이 파고들었다. 그들은 눅눅한

음지에서 음흉한 번식을 이룩했다. 노상 두 눈 시퍼렇게 부라리니 망설여지는 일이 많았다. 침 튀기는 혓바닥이 하도 많으니 노상 눈치를 본 거다. 그들은 어린 시절의 넉살 같은 것들을 좀먹으며 자라났다. 침대 머리맡에 반지의 제왕 레고를 깔아두고 영웅의 대사를 읊조리며 찌릿 전율하던 그 순수함을.

오래도록 눈을 감고 숨을 고르면 세계를 뒤덮은 어둠이 마치 마음속 심연처럼 느껴진다. 그곳에는 커다란 두 눈과 기름진 입술이 환영인 듯 둥실둥실, 실체인 듯 끔뻑끔뻑 사방을 휘젓고 다닌다. 못 본 체 지워내려 해도, 뿌리쳐 걷어내려 해도 허사다. 쩍 갈라진 감정의 골 깊숙이로 숨어드는 것이다. 그들은 눈을 감으면 입을 놀리고, 입을 다물면 눈을 흘기는 역겨운 족속이다. 이쪽에서 한 놈이 사라지면 저쪽에서 다른 한 놈이 나타난다. 견디다 못해 어느 한 날은 방에 서서 제자리를 걸었다. 수사적 표현이 아니고, 정말로 두 발을 굴러 제자리를 걸었다. 새벽의 적막함, 잠긴 문 뒤의 은밀함, 꾹 감은 두 눈, 호흡을 고르며 끊임없이 되뇐 자기암시가 어떤 협업을 이루어 내게 평안을 안겨주길 바랐다. 기어코 미쳐버렸구나 하는 회의감을 떨쳐내기 어려웠다. 하지만 그렇다고 멈출 생각은 들지 않았다. 이미 절반쯤 미쳤던 거다. 그게 불과 몇 개월 전의 일이라는 점을 헤아리면, 최근의 삶은 사랑과 감사함을 논하지 않을 수 없다.

눈을 감고 제자리를 걸으면 감각은 서서히 뒤틀린다. 얼마나 왔는지, 어디로 온 건지 알 수 없는 지경에 다다르는 거다. 다만 꽤 멀리 갔다면 어느 시점에서 이 정도면 멀리 왔다는 실감이 든다. 그 시점을 기준으로 온 만큼 더 걸으면, 심연을 점령한 타인의 환영조차도 따라붙을 도리가 없다. 그제서는 오직 내 몫의 공간과 공기가 느껴진다. 산만함이 멎고 정적이 찾아온다. 나는 그 무중력 공간에서 은하를 유영하는 우주비행사가 되어 은밀하게 춤을 추었다. 상체를 느리고 둔중하게 움직이자 근육의 긴장도가 부위별로 느껴졌다. 허리를 숙여 등의 양 기립근을 쭈욱 늘려보고, 손끝과 코끝으로 여러 개의 원을 그렸다. 동전 크기에서부터 LP만한 것까지. 팔꿈치를 안으로 말아 곡선을 그리며 양어깨를 끌어안았다. 손바닥으로 목 뒤를 감았다 풀며 가슴, 어깨, 팔 순서대로 훑은 뒤, 턱을 쳐들어 천장 너머를 응시하며 빙글빙글 돌았다. 중심을 잃고 나가떨어질 때까지 빙글빙글 돌았다. 가시거리에 한계가 없었다. 가로막힌 천장이 아니라 끝없는 우주가 보이는 듯했다. 나는 우주의

끝처럼 생긴 심연 속 어느 한 점을 응시했다. 우주의 끝 너머를 투시하면, 시점은 분명 시공간을 한 바퀴 초월해 나의 내면으로 돌아온다는 걸 나는 깨달았다. 그곳은 필히 비밀의 방이었다. 그렇기에 부끄럼 한 점 없이 오래도록 추었다.

예컨대, 무음에 춘 '움직임'이었다. 움직이는 '무음'이었다. 모양은 하나 중요하지도 않았다. 보는 이가 없거든 모양 따위 뭐가 중요하랴. 나는 수년간 거울 앞에서 춤을 춰왔다. 연습을 할 때는 거울을 관객 삼았고, 공연을 할 때는 관객을 거울 삼았다. 제길, 모양이 그리도 중요했던 거다. 여태 단 한 번도 자유롭게 춤춰본 적이 없다. 진정한 의미에서는 단 한 번도 춤을 춘 적이 없는 거다. 연습실이고 예술의 전당이고, 내 좁은 방만 못했다. 뭐가 그렇게 중요해서 모양에 집착을 했던 건지. 소란과 타인의 시선으로 득실거리는 이 세상에 가련한 마음 찢어 발겨지지 않으려면, 소꿉놀이하며 오홍홍 웃던 어릴 적 넉살을 잃어버렸다면, 이따금 눈을 감고서 오래도록 걸어야 한다. 그리하여 '비밀의 방'을 마주하고 한시라도 온전히 혼자가 되어 춤을 춰야 한다. 우리는 지극히 개인적이고 추상적인 이인무를 추는 셈이다.

입 밖에 내지 않고는
버틸 수 없었던 거야

죽음에 관해 어떤 생각을 할 때, 떠오르는 장면이 있어. 아마 내가 초등학교 4학년쯤 됐을 때. 자기 덩치만 한 가방을 메고 등교한 아이들이 교실로 향하지 않고 운동장에 모이는 날. 난생처음 부모님 품을 떠나 친구들과의 2박 3일이 시작되려는 찰나야. 바로 수학여행이라는 그 일생일대의 가슴 벅찬 첫 대장정이 막을 올리려는 찰나였지. 교장 선생님의 훈화 말씀을 기다리는 동안 줄 서 있는 우리는 얼마나 설레고 흥분됐을까. 뭐, 자세히 기억은 안 나지만, 짝다리 짚고 서서 버스에서 같이 앉을 짝꿍이랑 간식 뭐 싸 왔냐는 등의 대화를 나눴겠지. 그런 하찮은 대화를 나누는 와중에도 친구가 싸 온 간식이 초라하거든 자기 몫을 나눠 줘야 하기에 은근한 신경전도 있었겠지. 누가 닌텐도라도 가져왔거든 한바탕 난리가 났을 테고. 귀미테를 붙인 친구를 나약하다 놀리면서 엄마가 기어코 가방 앞주머니에 쑤셔 박은 검정 비닐봉지는 숨기느라 바빴지. 버스에서 창가 자리에 앉느냐 복도 자리에 앉느냐 하는 짝꿍과의 언쟁에서 기필코 상대의 항복을 받아내야만 했던 시절. 그래, 그런 하찮은 일들에 하나하나 긴장하고, 흥분하며 깔깔거리던 시절이야. 그러니 일장 장황하게 늘어지는 교장 선생님의 훈화 말씀 따위 누가 듣고 있겠어.

구령대 앞에서 반별로 두 줄지어 서 있을 때, 내 앞에는 반에서 유독 조용하고 소심한 친구가 있었어. 여자애인데, 적어도 나와 내 친구들이 보기엔 친구라고 부를 사람이 한 명도 없는 애였지. 나는 수련회 같은 걸 몇 번쯤 더 다녀오고 나서야 알게 됐어. 학교에서 버스를 타고 어딘가로 떠날 때, 선생님 옆에 앉는 애들은 대개 친구들과 어울리지 못한다는 걸. 그날은 그 애가 선생님 옆자리였지.

친구들과 쉽사리 어울리지 못하는 그 아이에게도 수학여행만큼은 설레는 일이었던 모양이야. 연신 눈에 띄게 밝은 표정을 짓고 있었어. 누가 말을 시켜도 입을 꾹 다물던 애인데 막 혼잣말을 하고 그랬거든. 대부분 "아, 경주 율라 재미없는데", "아, 교장 쌤 말 겁나 많아." 같은 투정이었어.

몇 가지 더 기억에 남는 건 다른 아이들에 비해 유난히 홀쭉하던 그 애 가방. 다들 둘셋씩 짝지어 떠들 때 그 애만 혼자서 떠들던 거. 그 모습을 뒤에서 지켜보며 이런 생각을 했던 거 같아. 잘은 몰라도 어쩌면 경주에서 보내는 2박 3일 동안 내가 그 아이의 첫 번째 친구가 되어 줄지도 모른다는. 나 그 시절에 완전 센스쟁이였거든. 잘 안 씻는 친구가 아무리 재미없고 짓궂은 장난을 쳐도 일일이 웃어주며 받아주는. 그런 애들 있잖아, 착해 빠진 애들. 나는 귀미테도 안 붙였고, 과자도 잔뜩 싸 왔고, 친구도 많았어. 지금 생각해보면 그건 새파랗게 어린 내가 품었던 순수한 동정이 아니었을까. 유독 혼자인, 유독 조용한, 유독 작은 가방 같은 것들이 못내 마음 쓰였던 거야. 경주에 도착하거든 꼭 먼저 상냥하게 말을 걸어야지 생각했어. 그 생각을 심부름 다녀오는 길 주머니에 든 잔돈처럼 꼭 쥐고 있었어. 친구들과 아무리 웃긴 일이 벌어져도 잊지 않고 그 애도 같이 재미있게 해줘야겠다고.

그런데 선생님이 그 애에게 다가오는 거야. 선생님은 무릎을 꿇고 그 애를 꽉 끌어안았어. 나는 그 바로 뒤에 서 있었으니까 내 바로 앞이었지. 그 애 뒤통수에 기댄 선생님의 표정이 얼마나 심각했는지 나는 기억해. 그렇게 다 큰 어른이 자기 좀 도와 달라는 듯한 눈빛으로 나를 쳐다봤거든. 선생님의 불안 가득한 눈동자가 내게 머물렀어. 착해 빠진 열한 살은 그런 거 절대 잊지 못하는 법이지. 나는 도대체 무슨 일이길래 선생님이 저리도 불안해하실까 궁금했어. 누가 봐도 예삿일은 아니었으니까. 그 애는 선생님 품 안에서 잠자코 있었어. 그때 내가 첫째로 떠올린 추측이 뭐냐면, 키우는 강아지가 죽었나 싶었지. 분명 어렴풋이 죽음의 기운 같은 걸 느꼈던 거야. 선생님의 흔들리는 눈빛이 그림자처럼 나에게로 뻗쳐오는 것만 같았어. 선생님의 품 안에서 어리둥절해 있던 그 애는 어느 때보다 작고 불안해 보였지. 선생님은 이내 그 애의 양 뺨을 보듬으며 떨리는 목소리로 뭐라고 말씀하셨어. 그러자 그 아이, 운동장이 떠나가라 엉엉 울었어. 두 팔을 축 늘어뜨리고 엉엉 울었어. 선생님도 울었어. 그 애의 아픔을 자기도 고스란히 느끼고 있다는 듯이. 죽은 게 강아지가 아니란 걸 나도 알 수 있었다. 분명 더 커다란 누군가가 떠나간 거야. 우리는 그때 이제 곧 수학여행을 떠나려 했잖아. 나는 이제 막 그 애한테 관심을 두려던 참이었고. 어쩌면, 그 애한테 처음으로 친구가 생길지도 몰랐어. 그런데 하필. 하필 그날 일이 그렇게 됐어.

우리 반 버스는 그 애랑 선생님을 태우지 않고 운동장을 떠났어. 부담임인 체육 선생님이 얼떨결에 우리를 인솔하게 되었지. 부담임 같은 게 있다는 거, 그때까지 우리 중 누구도 모르고 있었어. 더군다나 그 무서운 체육이 우리 반 부담임이었다는 건 믿기조차 싫었지. 나는 버스가 교문을 나서기 전에 뒤돌아 텅 빈 운동장을 바라봤다. 조금 전까지 운동장을 가득 채웠던 친구들의 흥분과 설렘은 모두 버스에 실려 빠져나가고, 남아 있는 건 죽음이 만들어낸 또 다른 낙오자뿐이었어. 버스에서 애들이 나더러 묻더라고. 걔 왜 울은 거냐고. 왜 같이 안 가는 거냐고. 선생님이 개한테 뭐라고 했냐고. 그냥 잘 모른다고 대답하면 될 걸 나는 굳이 이렇게 대답했어. 응, 걔네 강아지가 죽었다고 하던데. 어떤 식으로든 죽음을 입 밖에 내지 않고는 버틸 수 없었던 거야.

있지, 나 경주에서 아마 잘 먹고 잘 놀았을걸. 그런데 그 수학여행이 내 기억에 남긴 건, 단지 그 애의 축 처진 어깨랑, 선생님의 흔들리던 눈동자. 그리고 엉엉 울던 그 애 울음소리야. 내가 아는 죽음의 모습이란 그런 거야. 흥분과 설렘으로 가득하던 운동장에 통곡 소리가 울려 퍼지는 거. 다 큰 어른도 열 살짜리 꼬마에게 기대고 싶을 만큼 감당하기 어려운 거. 딸 아이가 수학여행에 간다는 데 가방도 제대로 꾸려주지 못할 만큼 사람을 혼란스럽게 하는 거. 한 생명을 앗아간 걸로는 모자라 또 다른 낙오자를 기어코 만들어내고 마는 거. 또 그 낙오자의 슬퍼하는 뒷모습을 오래도록 떠올리는 누군가를 기어코 만들어 내고 마는 거. 죽음이라는 게 원래 그림자처럼 뻗쳐 여러 군데로 번지고 그 안에서 오래도록 살아있는 건가 봐. 그래도 이렇게 좀

크고 나니까 어렸을 때 수학여행이 이랬네 저랬네 하는 얘기는 별로 할 일이 없더라고. 다행이지. 그 애, 누가 그런 얘기를 꺼내면 무척 슬플 거야. 나도 그렇고. 솔직히 난 더 이상 착해 빠진 애가 아니니까 괜찮아. 하지만 그 선생님, 아직 교직에 계신다면 지금도 매년 수학여행에 가야 하겠지.

철없지만 그때는

몇 가지 개인적인 경험으로 인해 지금의 나는 무신론자에 가깝지만, 어릴 적에는 2년간 꾸준히 교회에 다니기도 했다. 예나 지금이나 나는 잠이 아주 많은 편인데, 일요일 아침마다 부지런히 일어나 예배를 드리러 갔다는 건 지금 생각해도 상당히 대견한 일이다. 하지만 부끄럽게도 일요일 아침마다 내 눈을 번뜩 뜨지게 만들었던 것은 신앙심이 아니었다. 어떤 얫되고 세속적인 야망이었다. 그러니까, 돌려 말할 것 없이 실은, 문화 상품권을 얻기 위함이었다.

내가 다니던 교회에서는 친구 한 명을 전도해 4주간 빠지지 않고 함께 예배를 드리면 문화 상품권 5,000원을 선물로 줬다. 나는 그러한 포상 제도가 도입되기 전에는 동네 형을 따라서 가끔 떡볶이나 얻어먹을 심산으로 들락거리던 코흘리개였는데, 도입 이후로는 수완 넘치는 '전도 왕'이 되어 일요일 아침이면 그 누구보다도 일찍 일어나 친구들을 깨우러 동네방네 현관문을 두들기고 다녔다.

두말할 것 없이 철딱서니 없는 행동이었다. 하지만, 그 나름대로는 스스로가 신사답게 행동하고 있다 생각했다. 기본적으로 문화 상품권만 쏙 받아먹고서 교회에 발길을 끊을 친구는 애초에 전도하지 않는 거다. 만약 일이 그렇게 되면 매주 교회 선생님에게 '형준아, 잠깐 선생님이랑 얘기 좀 할까?', '승욱이는 무슨 일 있니? 왜 같이 안 왔을까?' 하는 식의 압박을 받게 된다는 걸 알고 있었기 때문이다. 그런데 이게 어느샌가 내가 전도한 친구들이 자기 친구들을 데려오고, 또 그들이 자기 친구들을 데려오는 식이 되어 버려서 나중에는 정말이지 꼴이 안 좋게 됐다. 개중에는 문화 상품권을 받자마자 교회에 나가지 않는 것을 마치 자랑스러운 영웅담이라도 된다는 듯이 학교에서 떠드는 애들도 있었는데, 그렇게 되면 내 입장이 심히 곤란해졌다. 그런 일 때문에 잘 알지도 못하는 친구랑 방과 후에 맞짱 뜨고 그랬다. (역시 이겼다.) 급기야 교회에서는 더이상 문화 상품권을 줄 수 없다는 공식 성명을 내놓게 되고, 그 뒤로 나는 사나이 의리가 있으니 계속 예배를 드리러 오겠다는 다짐을 하지만, 점점 결석하는 횟수가 늘더니 나중에는 교회 근처를 피해 다니게 되었다.

교회에서 받은 문화 상품권은 전부 메이플 스토리에 사용했다. 캐시 5,000원이면 '피그미의 알'이라는 캐시 아이템을 5개 살 수 있었다. 그러니까 나는 '피그미의 알' 5개를 얻기 위해 한 달간 친구를 데리고 교회에 다녔던 거다. '피그미의 알'을 부화시키면 무작위로 게임 아이템이 뜨는데,

제법 비싼 아이템이 뜨기도 하고 완전히 허무맹랑한 아이템이 뜨기도 했다. 우리가 가장 바라던 아이템은 늘 '파워 엘릭서'였다. 한 번 뜨면 250개가 뜨는데, 그것은 개당 3천~4천 메소 사이에 거래됐으니 총 7~8백만 메소를 얻는 거다. 그다지 와닿지 않겠지만, 그게 당시에는 엄청난 거였다.

친구를 전도 한지 4주 차 되는 날이면 예배를 마치자마자 다 같이 피시방에 가서는 한 명씩 돌아가며 피그미의 알을 부화시켰다. 헛물켜는 경우가 대부분이었다. 그러면 또 우리는 각자 머릿속으로 다음 전도할 친구를 물색했다. 그런데 오늘날에는 파워 엘릭서 따위 피시방에 가면 공짜다. 피시방 전용 파워 엘릭서를 1개 주는데, 아무리 사용해도 소진되지 않는 것이다. 공짜인데다, 무한리필이다. 나는 지금도 이따금 아무 생각 없이 멍해지고 싶을 때면 피시방에 가서 그 게임을 한다. 그 귀했던 물약을 마구 들이켜다 보면, 가끔 옛 추억을 꼴딱꼴딱 넘기는 것만 같아 어딘가 쓰린 맛이 감돈다.

이따금 길을 걷다 어느 정도 구색을 갖춘 교회나 성당을 보면 어쩐지 감정이 북받쳐 오른다. 작년에 일한 카페 바로 옆에도 꽤 멋진 교회가 있었다. 나는 그 교회를 무척 좋아했는데, 그곳은 커다란 본관 건물과 벽돌로 쌓아 올린 별관으로 이루어져 있고, 본관과 별관 벽 사이 저 높이에는 다리가 놓아져 있다. 일전에 프랑스 몽생미셸에 갔을 때 배운 것인데, 내 기억이 온전하다면 그러한 다리는 금언 수행을 해야 하는 수도사들과 일반 순례객들이 길에서 마주치는 일을 피하게끔 하기 위해 만들어진 것이라 했다. 물론 서울 한복판에 있는 교회에서는 그 누구도 금언 수행 같은 건 하지 않겠지만, 그래도 그 다리를 올려다보고 있노라면 꽤나 경건한 마음가짐이 든다. 모쪼록 길을 걷다 멋진 교회나 성당을 더 많이, 자주 마주칠 수 있으면 좋겠다.

책과 커피를
사랑하는 이라면

방배동 부근 북카페에서 5개월간 일했습니다. 그리고 나는 지지난 겨울부터는 쭉 부천에서 살았고. 머리가 멀쩡히 돌아가는 놈이라면 어지간해서는 최저임금 받자고 아르바이트를 왕복 두 시간 반 거리에서 구하지 않습니다. 아르바이트라면 집 앞에서 하나 땅끝에서 하나 월급은 똑같으니 말입니다. 3초에 한 번씩 인상을 쓰게 되는 지하철에서의 시련의 시간 따위 누구도 알아주지 않습니다. 한데 나도 일단 머리는 멀쩡히 돌아가는 놈 아니겠습니까. 위에 적은 사실을 모르지 않는 내가 굳이 방배동에 가서 일하게 된 데에는 기특한 사연이 있겠습니다.

어딘가 아르바이트 자리를 구하겠다고 마음먹은 바로 그 순간, 떠올렸습니다. 전국의 수많은 아르바이트생들이 그렇듯이 나 또한 별 재미도 없는 일을 억지로 해가며 별 재미도 없는 보수를 받게 되리란 걸. 통장을 살짝 스치고 사라질 싱거운 월급은 그다지 인생에 보탬이 되지 않을 것 같습니다. 실로 일찍이 그러한 미래를 예견하고 말았습니다. 그런데 미리 파악했다고 해서 우쭐거릴 일이 아니었습니다. 그런 무지막지한 비관을 하고 있자니 도저히 일자리를 찾아볼 마음이 생기지 않는 겁니다. 하지만 좋든 싫든 내겐 돈이 필요했습니다. 필요한 액수는 부담 가질 만한 정도는 아니었습니다만, 그렇다고 누가 공짜로 떠 먹여줄 금액 또한 아니었습니다. 그렇다면 그만 까불고 얼른 일자리를 알아봐야 했겠지요. 그래서 나는 생각을 달리하기로 합니다. 일하고 받는 보수에서 의미를 찾을 수 없다면 일을 하는 과정에서 찾기로 한 겁니다.

성실히 일할 각오는 곧 죽어도 하지 않는 주제에 어디의미 있게 일할 곳이 없을까 고민했습니다. 그 결과, 최선책은 북카페였습니다. 카페 업무는 약식으로나마 익혀 둔경험이 있으니 당당히 경력직이라 말해도 절반만 거짓일 겁니다. 또 북카페라면 응당 책이 많을 테지요. 사랑하는 책과 살 비빌 기회도 많을 거라 계산했습니다. 달리 말해, 새로운 일을 익히는 개고생을 피하는 동시에, 글과 더 친해질수 있을 것만 같았습니다. 거기다가 남지는 않아도 필요한돈을 스스로 벌 수 있고, 책으로 둘러싸인 공간에서 커피냄새를 맡으며 책을 사랑하는 이들을 상대할 수 있으니 실로 내게 안성맞춤이었지요. 그렇게 나는 통근에 할애하게될 수고는 생각하지 않고 아르바이트 모집 공고를 뒤졌습니다. 그리고 마침 사람을 구하던 '책 그리고' 카페에 지원하게 됐습니다.

여느 아르바이트가 그렇듯이 채용에 앞서 면접을 봐야 했습니다. '책 그리고'의 면접은 점심시간 언저리로 약속됐습니다. 워낙 시간 개념이 없고, 시간 약속 알기를 우습게 알며 살아온 필자입니다. 분명 어머니께서 태교할 적에 고장 난 시계를 찼을 거라 확신하고 있습니다. 하지만 명색이 면접은 면접입니다. 그날만큼은 약속 시간 보다 이르게 도착해 느긋이 주변을 산책한 기억이 납니다. 직접 눈으로 본 '책 그리고'는 모집 공고에 첨부되어 있던 사진보다 훨씬 구색을 갖춘 산뜻한 공간이었습니다.

그곳은 조용한 동네이며, 제대로 신경 써서 지은 커다란 교회 옆이었습니다. 커피를 마실 수 있는 테라스가 자전거 전용 도로와 접해 있으며 역 출구와 거리가 조금 있음에도 맞은편에는 따릉이 거치대가 있습니다. 더할 묘사가 쏙쏙 떠오르지만 옮겨 적는 게 무의미할 정도로 마음에 쏙 드는 곳이었습니다. 나는 면접을 치르기 전에 담배를 한 대 피우며 결정 내렸습니다. 내가 일할 곳은 여기 말고는 없다고.

나는 발레를 할 적에 타인에게 심사받는 일이 잦았습니다. 한 달 동안 콩쿠르 3~4곳을 나가기도 하고, 예고와 대학에서는 매 학기 실기 시험을 칩니다. 덕분에 이런 면접 때 곧잘 기죽지 않는 편이지요. 문을 열고 들어간 카페는 점심시간이 한창이라 사람들로 붐볐습니다. 용케도 나를 알아보신 매니저님은 잠시만 앉아서 기다려 달라며 자리를 안내해 주셨어요. 나는 십 초도 그 자리에 앉아있지 않고 어슬렁거리다 진열된 책을 집어 냅다 읽었습니다. 그때 읽은 책이 무엇인지 지금은 기억이 나지 않는 거로 보아 그다지 집중해서 읽지는 못한 모양입니다. 어쨌든 책을 읽고 있자니 얼마 지나지 않아 사장님께서 아이스 아메리카노를 대접해 주시며 책은 구매한 뒤에 읽어야 한다고 일러주셨습니다. 아하, 그렇군요 하고 얌전히 제자리로 돌아갔습니다.

그렇게 면접이 시작됐습니다. 채용되기 전까지는 나도 여타 다른 손님과 다를 바 없지 않나 싶어 통상적인 질의응답을 하는 동안 꽤 당돌한 태도로 응했습니다. 그러면서 숨겨둔 비장의 무기를 꺼낼 타이밍을 차분히 기다렸지요. 그리고 마침내, 면접이 끝나 갈 무렵, 사장님께서 더 묻고 싶은 것은 없냐 물었습니다. 나는 질문에 이렇게 대답했습니다. "질문은 없는 것 같습니다, 사장님. 그런데 실은 제가 한 가지 어필하고픈 점이 있는데요. 이런 얘기까지는 저도 참 쑥스럽지만 말이죠, 헤헤, 직접 와서 보니 일하고픈 욕심이 나서 말씀드려요. 실은 제가 인스타그램 팔로워가 한 2만 명가량 됩니다. 그래서 만약 제가 이곳에서 일하게 되면 홍보 효과가 아주, 전혀, 조금도, 요-만큼도 없지는 않지 않을까…."

부끄럽게도 그렇습니다. 2만 명가량의 팔로워가 나의 필살기였습니다. 당시에도 얄팍한 자기 어필이라고 생각하지 않은 건 아닙니다. 다만 어차피 일해야 한다면 꼭 여기서 해야겠다는 생각에 낯짝을 두껍게 다졌습니다. 사장님은 그런 내 모습을 보고 멀쩡하게 생긴 놈이 능글맞게 굴 줄도 안다고 여기셨을 겁니다. 게다가 나는 예의가 넘쳐서 문제였던 적은 더러 있어도 모자라서 문제 일으킨 적은 별로 없었기에 일을 맡긴다 한들 곤란하게 굴지는 않겠다는 인상을 풍겼을 테죠. 어쩌면 사장님 입장에서는 2만 명이라는 잠재적 고객이 퍽 달콤하게 느껴졌을 수도 있습니다. 그 면접을 통해 나를 채용 하신 사장님께 정말 죄송하지만, 면접을 마침과 동시에 나는 매사 느긋한 한량으로 돌아갔고, 2만 명의 팔로워가 카페로 찾아와 커피를 왕창 마시고 가는 일은 끝내 일어나지 않았습니다.

막상 일을 시작하니 책과 관련된 업무는 매니저님이 맡아서 하시기 때문에 여타 카페 아르바이트와 다름없는 일을 했습니다. 책과 살 닿을 기회는 끽해야 하루 두세 권 바코드를 찍거나 주말 아침에 책 위에 쌓인 먼지를 먼지떨이로 두들길 때가 전부였지요. 하지만 그렇다고 해서 왕복 두 시간 거리를 통근하는 나의 수고가 꼭 헛되이 된 것은 아니었습니다. 다른 프렌차이즈 카페 말고 동네 책방을 찾아오는 손님들 중에는 기본적으로 조용한 장소에서 조용히 커피 마시는 것을 선호하는 분들이 많았기 때문이지요. 사람을 상대하느라 인상을 쓰는 일은 거의 없었습니다. 그게 얼마나 복 받은 일인지 아르바이트 경험이 있는 누구나라면 알고 있을 겁니다. 손님이 없는 한가한 시간에는 바에서서 책을 읽었습니다. 식당으로 치면 주방 격인 곳이 카페에서는 바인데, 바에 서서 책을 읽고 있노라면 그 그림이 전혀 어색하지 않아 정말로 좋았습니다. 통근에 들이는 수고에 한 번도 불만을 품지 않았을 정도로 만족스러운 일자리였습니다.

반면 서울서 자취할 적에 일했던 곳에서는 주먹을 여러 번 쥐었습니다. 그곳은 압구정 로데오에 위치했는데, 새로 오픈한 비스트로임에도 지독하게 한가했습니다. 그곳에서도 한가할 땐 알아서 시간을 보내라는 지침을 받았었기에 카운터에 앉아서 자주 책을 읽었습니다. 그럴 때면 늘 마음이 불편했습니다. 오가는 사람들 대부분이 독서와는 거리가 너무나도 먼, 압구정 오렌지족의 후손들이었기 때문입니다. 나로서는 그들을 향해 책을 전혀 읽지 않는 돌머리 족속이라며 단정 지을 근거가 전혀 없습니다. 뿐더러 사람의 겉모습만 가지고 내면까지 판단 해서야 되겠는가 하는 생각을 합니다만, 그들이 얌전히 책 읽는 나를 무슨 벌거벗고 물구나무서서 두 팔로 걸어 다니는 놈 보듯이 쳐다보는 데에 다른 어떤 이유가 있을지 나는 모르겠습니다. 별안간 돌연변이종을 보는 듯한 그 시선은 어지간히 기분 나쁜 일이 아니었어요. 오죽했으면 한 번은 음료를 내가며 왜 그런 표정으로 쳐다보냐며 은밀히 쏘아붙인 적이 있었을 정도입니다. 기분 나쁘게 쳐다볼 때는 여차하면 그 잘난 아우디로 콱 들이받을 기세였는데, 막상 얘기를 나눠보니 하등 별 볼 일 없는 놈이었습니다.

그 잘난 동네를 이제는 아무도 재미난 곳으로 쳐주지 않는 데에는 다 이유가 있는 듯합니다. 고급 외제 차들이 줄줄이 서 있음에도 가게들이 줄줄이 망하는 데에도 다 이유가 있는 듯합니다. 시급도 후하게 줬고, 인내심이 바닥을 치기도 전에 폐업했기 때문에 일했던 가게 자체에는 별 악감정 없습니다. 그러니까 뭐든지 겉치레가 과하면 망하는 겁니다.

?와 !사이에는 큰 차이가 있다

북카페에서의 아르바이트는 여름 초입에서 겨울 초입까지 정도였다. 나는 그곳에서 보낸 시간들을 상당히 만족스럽게 생각하고 있는데, 첫날만큼은 예외로 친다. 첫날이니 이래저래 어리바리하게 굴었던 거다. 출근 15분여 만에 수박과 꿀을 넣은 믹서기를 뚜껑을 닫지 않은 채로 작동시켰다. 전원 버튼에서 손가락을 떼던 그 짧은 순간에 지금 출발하면 집에 몇 시쯤 도착할지 헤아렸다. 당분을 한껏 머금은 수박 건더기가 사방으로 튀었다. 내 안면에도 튀더니 입 안으로 흘러내렸는데, 맛은 훌륭했다. 적어도 레시피를 준수한 보람은 있었다.

다행히 잘리지도, 혼나지도 않았다. 다만, 상당히 위축되어 버리고 만다. 티는 내지 않았어도 무지 의기소침해져 있었다. 그때, 천사 같은 매니저님은 자신이 뒤처리를 할 테니, 그동안 유리창을 닦아 달라 말씀하셨다. 반가운 소리였다. 내가 닦은 발레 홀 거울을 한데 모으면, 롯데 타워 외벽을 새로 덮을 수 있다. 그쪽은 내 전문이었다. 이 기회에 실수를 완전히 만회하고자 소매를 바짝 걷어붙였다.

그때 여자 손님 중 한 분이 나를 불러 세웠다. 나는 손님 한테까지 수박이 튄 줄 알고서 허허, 지금 출발하면 몇 시쯤 되려나 계산하며 뒤를 돌아봤다. 그런데 불만이 있는 표정으로는 보이지 않았다. 그녀는 오히려 화색에 가까운 표정으로 눈을 동그랗게 뜨고는 발랄하게 물었다.

"여자친구 있으시죠(!)"

분명 느낌표였다. 느낌표로 마친 그녀의 어투는 내게 기습적으로 '2 곱하기 2는(!)'하는 것과 비슷하게 들렸는데, 거기에선 어떤 확신 같은 것이 느껴졌다. 그래서 나는 여자친구의 지인이 나를 알아본 모양이라고만 생각했다. 한없이 반가웠다. 이건 마치 적진에서 아군을 만난 것 같기도 하고, 저 멀리 타지에서 고향 동창을 만난 것 같기도 하다. 그래서 뜸 들이지 않고 곧장 눈을 동그랗게 뜨고서 대답했다.

"네(!)" 하고.

그런데 갑자기 얼굴이 빨갛게 달아오르더니 이내 울상을 지으신다. 쭈뼛쭈뼛 뒷걸음질 치면서 "아, 네…." 하며 급하게 짐을 싸서 나가신다. 아뿔싸, 사방에 꿀과 수박을 뿌리던 내가 마음에 들었던 모양이다. 부끄러움을 무릅쓰고 무척 용기를 내 물어봤던 거다. 아니, 그렇게 확신에 찬 어투로 물을 필요가 과연 어디에 있었을까. 매니저님이 알려줬는데, 오래된 단골이라고 하셨다. 그 뒤로 그분은 다시 볼 수 없었다. 본의 아니게 출근 첫날부터 단골 한 명을 가차 없이 내쫓아버린 꼴이었다.

미안하단 생각은 들지만, 누군가 느닷없이 "당신, UFO 본 적 있죠(!)" 하고 확신에 찬 어투로 물어온다면, 당연히 목격한 경험이 있는 사람으로서는 "네(!) 두 눈으로 똑똑히 봤습니다(!)" 하는 식의 대답을 즉각 내놓게 되는 거다. 거기서 갑자기 "어라… 그렇습니까…?"하며 뒷걸음질을 치면, 나 같은 사람은 상당히 혼란스러워지고 만다. '!'와 '?' 사이에는 하늘과 땅만큼 큰 차이가 있는 거다. 그 차이를 확실히 인지하고 있지 않으면, 이렇듯 언젠가 엉뚱한 일을 겪게 될지도 모른다. 그런 일은 물론 서로가 주의하는 게 좋지 않을까.

익숙해지고 보면
이상할 게 하나 없는 일들

학교를 마치고 집으로 돌아왔더니 누나가 가요 프로그램을 보고 있었다. 초등학교 6학년 때다. 비의 컴백 무대였다. 그가 백댄서들 사이에서 슈트를 빼입고 붉으면서 보랏빛이 도는 머리칼을 흔들며 춤을 추었다. 요새는 여러모로 회자되고 있는 그이지만, 당시에 그분은 그야말로 독보적인 월드 클래스 멋쟁이였던지라 나로서는 도무지 따라 하지 않을 수 없었다. 물론 춤 말고 머리 스타일 말이다.

여름방학이었다. 미용실 이모님께 준비해 간 비의 사진을 꺼내 보여주던 순간이 생생히 기억난다. 무지하게 부끄러웠기 때문이다. 나 같은 놈은 머리도 별로 좋지 않은 주제에 부끄러웠던 순간들만큼은 병적으로 잊지 않고 살아간다. 내가 검정 머리칼에서 벗어났던 건 그 13살 여름 무렵을 제외하고는 전무후무했다. 얼마 전까지는 그랬다.

올해 초, 우연한 기회로 봄 트렌드 헤어 컬러를 제시하는 화보의 모델로 서게 되었다. 촬영에 앞서 탈색 세 번과 두 번의 염색 시술을 받아야 했다. 머리에 약품을 덕지덕지 바르고서 인내해야 하는 시간은 길고 또 길었다. 그 지루한 시간 동안 거울 속 못난 면상을 바라보는 내내 딱 두 가지 생각이 들었다. 첫째, 살이 조금 쪘구나. 그리고 둘째, 트렌드 같은 거 죽었다 깨어나도 두 번은 제시 못 하겠다고.

탈색 세 번에 내 머리칼은 흑발에서 금발로, 이내 금발에서 백발이 됐다. 염색까지 마치자 머리를 세로로 갈라 반쪽 머리칼의 절반은 다홍색, 다른 쪽 머리칼의 절반은 청록색이었다. 당혹스러웠다. 이렇게 글로 설명을 했어도 그게 어떤 머리일지 선뜻 상상이 되지 않을 텐데, 그러니까 그게 정말이지 그럴 만도 한 머리였다. 덕분에 전철을 타고 집으로 돌아오는 길에는 벌겋게 그을린 두피를 문지르며 이 세계의 트렌드라는 것은 도대체 어디를 향해 나아가고 있는 건지 심도 있게 고민해 볼 수 있었다.

갓 스무 살이 되었던 몇 년 전이 떠올랐다. 대학 동기 녀석들이 우르르 몰려가 머리를 노랗게 물들이고 와서 연습실에 나타났던 적이 있었다. 뭘 하던 다같이 하는 걸 좋아하는 애들이었다. (최근엔 하다 하다 왁싱까지 같이하러 다닌다는 소식이 들려온다.) 그 눈부신(?) 광경을 지켜보던 나는 그 애들을 속으로 꽤 경멸했다. 그나마 몇 안 되는 친구들이었지만, 머리를 물들인 들 누구 하나 귀티 나는 놈이 없었다. 반면에 본인들은 매우 만족스러워했다. 나만 혼자 점잔을 빼며 흑발의 덧없는 멋을 은근히 자부했다. 다들 참, 자기 멋대로 마음껏 살아가는 거다.

그리고 몇 년이 흘러 하루아침에 나는 그 애들 전부를 합친 것보다 화려한 머리 색을 갖게 되었다. 머리 색 자체는 공들인 시간과 노력만큼이나 예쁘게 잘 나왔다. 헤어 디자이너 선생님도, 샵 직원 분들도, 모두가 만족했다. 허나, 내가 보기에는 아무리 좋게 봐도 나랑은 어울리지 않았다. 내색은 하지 않았지만, 입대하기 전 머리를 밀었을 때만큼 거울 보기가 힘들었다. 어울리기만 하면 문제없다. 허나 백발에 반은 다홍, 반은 청록이다. 그런 머리가 어울릴 마스크였더라면 나는 이런 글을 쓰고 있을 게 아니라 콘서트 투어를 돌고 있지 않았을까?

촬영은 물론 만족스럽지 못했다. 그도 그럴 것이 잠깐 커피 마시러 나갈 때조차 눈에 띄는 머리 때문에 위축되는데, 카메라와 조명 장치 앞에서는 오죽했겠는가. 며칠씩이나 공들여 머리를 만들어 주신 분들과 촬영을 위해 모인 모든 분들께 무지 죄송했다. 모델비도 받고 싶지 않았다. 사진 찍기 싫어하는 사춘기 중학생처럼 굴고는 모델비는 무슨 얼어 죽을. 염치없게 결국 받긴 했지만….

촬영을 마치면 곧장 도로 어두운색으로 염색할 생각이

218

었다. 그런데 그렇게는 안 된다고 하셨다. 두피와 모발이 많이 상한 상태니 며칠간은 케어를 받고, 그 뒤에 염색을 하는 게 좋다고 하셨다. 나는 탈모라는 대재앙에 막연히 공포를 느끼는 편인지라 군말 없이 그러겠다 대답했다.

그 뒤로 당분간은 만나는 사람마다 붙잡고서 설명을 해야 했다. '아, 참고로 이 머리는 내가 원해서 물들인 게 아니라 촬영 때문에 한 거예요.'라며. 지금에서는 내 머리색 따위 아무도 관심 갖지 않는다는 사실을 잘 알지만, 그때는 그런 설명을 일일이 하지 않고는 발 뻗고 잠에 들지 못했다. 혹시 누가 '쟤 아이돌 누구 따라 한 거 아니야?' 같은 소리를 하면 곤란하니까.

그런데 기껏 열심히 해명을 하고 다녔는데, 시간이 조금 지나자 생각이 달리 들었다. 익숙해질 때쯤 되니 나쁘지만은 않았던 거다. 사실은 마음에 들었다. 백발 위에 입힌 다홍색과 청록색 컬러는 며칠 지나자 거의 사라졌는데, 앞머리를 귀에 꽂을 때 보이는 옅은 다홍색 머리칼은 그대로 박제하고 싶을 만큼 마음에 쏙 들었다.

모든 변화에는 완숙기가 필요한 걸까. 익숙해지고 보면 이상할 게 하나 없는 일들이 많다. 깨달음이란 늦거나 영원히 오지 않는 것이라서 불필요한 신경을 죽어라 썼구나 하는 생각은 늘 나중에야 든다. 이렇게 마음에 쏙 들 줄 알았으면, 카메라 앞에서 멋진 체도 잘하고 씰룩씰룩 잘도 웃었겠지. 모델비도 떳떳하게 받고.

이따금씩 기분 전환 삼아 머리를 했다는 말을 심심치 않게 들어왔는데, 속이 들여다 보이는 위선이라고 생각해왔다. 11년 전, 내가 미용실 이모님께 비의 사진을 꺼내며 부끄러워했듯이 다른 이들도 내심 쑥스러워 둘러대는 핑계일 거라며. 잘못 짚었다. 머리 스타일을 바꾸면 단순히 기분뿐만 아니라 라이프 스타일 자체가 바뀌기도 하더라. 이 글은 볕 좋은 낮에 카페 테라스에 앉아 썼다. 머리를 위로 올려 묶고 널널한 재킷에 통 큰 청바지를 입고서 볕을 쬐며 담배를 피운다. 이따금 검은 머리일 때는 지어본 적 없는 표정을 짓고 있는 스스로를 발견한다. 검은 머리였을 때는 쓰지 않던 말투로 친구와 짧은 통화를 하기도 한다. 검은 머리일 때는 어색하던 걸음걸이로 걸어와 검은 머리였다면 쓰지 못했을 글 한 편을 마무리 짓는다.

너에겐 행복할 자격이
가득하다 못해 흘러 넘쳐

누나 안녕, 나 형준이. 마지막으로 편지한 게 언제더라. 스티치 편지지에 아무 말이나 적어 줬던 게 벌써 해묵은 옛일이 됐네. 글 쓰겠다는 놈이 누나한테 편지 한 통 안 써주냐는 섭한 소리를 했었지. 받은 편지가 상자 속에 잔뜩 쌓이도록 나는 여태 한 줄도 쓰질 않았으니 할 말이 무척 많으면서도 어렵네. 누나는 언젠가 내가 다시 편지를 써줄 거란 기대, 이젠 하지 않는 것 같아.

누나, 누나는 결혼식장에 자주 다녀 봤지? 하긴 너는 무슨 중학교 담임 선생님이 결혼한다고 하면 식 올리는 당사자처럼 들떠서는 바로 축하 공연 팀을 꾸렸으니까. 그것도 모자라서 옆 반 선생님 결혼식에도 막 다니지 않았던가? 있지, 어떻게 그만큼 나대? 우린 얼굴만 닮았지, 그런 건 전혀 안 닮았어. 어쨌든 누나가 팀을 꾸려 축하한 선생님이 몇 년 후에 내 담임 선생님이 된 적도 있어. 덕분에 예쁨 꽤나 받았다. 그런 운 좋은 기억은 내가 평생에 걸쳐 누나에게 받고 있는 수혜를 잘도 요약해 보여주는구나. 나는 있지, 결혼식에 가 본 기억이 전혀 없다? 분명 어렸을 때 한두 번쯤은 다녀왔을 텐데 어쩐지 기억이 하나도 없어. 나는 선생님이 오라 하고, 애들이 가자고 해도 어쩐지 못 가겠더라.

결혼이라. 으윽, 그게 뭐람? 확실히 나는 마음의 준비가 안 됐어. 내 결혼도 아닌데 내가 준비할 건 또 뭐람. 하지만 어쩐지 초조한 기분이 든단 말이지. 아무래도 그런 게 있잖아. 곧 결혼할 누나를 둔 남동생이 받아들여야 하는 무언가. 그게 정확히 뭔지는 아직 잘 모르겠다만, 난 아직 단도리 못 지었나 봐. 나 그날 뭘 어떻게 해야 할까? 아무래도 뭐라도 해야 하지 않을까? 누나야 나한테 기대 같은 거 쥐꼬리만큼도 안 할 거 알아. 그래도. 그래도 뭐라도 하는 게 맞지 않나 싶어서. 나도 더이상 엄마 바짓가랑이 붙잡고서 손가락 빨 수는 없을 만큼 컸으니까. 결혼식이라는 게 어떻게 시작해서 어떻게 끝이 나는지, 그런 대략적인 형식도 나는 잘 몰라. 그러니 한 번뿐일 누나의 결혼식에서 스스로 어떻게 행동해야 할지 알 턱이 없지.

그냥 나도 양복 빼입고 폼 잡고 다니면서 여기저기 악수하고 다니면 되려나. 아니면 미드나 영화에서는 가족 중 한 명이 축사 같은 걸 낭독하던데. 나도 슬쩍 준비해갈까? 근데 누나, 생각해보니 나 양복이 없어. 어쩌면 좋아? 준비가 생각보다 더 안 됐네. 근데 생로랑에서 이번 시즌에 완전히 작정을 했더라구. 아, 사달라는 건 전혀 아니구. 그게 얼만데.

글쎄, 그만두자. 내가 그날 뭘 어쩌고 있을지는 그날이 와 봐야지 알 것 같으니까. 어쨌든 둘도 없는 누나가 결혼을 한다니까 나로서는 고민이 많다. 왜 이렇게까지 실감이 안 나는지 모르겠어. 이러다 결혼식이 끝날 때까지도 뭐가 뭔지 모를까 봐 겁나. 그런 한심한 나라면 남들이 혈육인 나보다 더 진심으로 축하해줬을 거야. 그러면 서로가 섭섭할 텐데. 어쨌든 지금의 내가 할 수 있는 건 온 마음을 다해 축복해주는 게 전부잖아. 혹시 내가 그날 어설프게 굴거든 이 한 가지 진리를 마음속으로 곱씹어. 동생들이 원래 좀 대체로 그러는 법이라고. 너의 마음이 평안을 찾길 바랄게.

누나가 결혼하는 날만큼은 쉽지 않다며 얼떨결에 떠나보낸 다른 날들과 다르게 맞이하고 싶어. 나도 그 시간, 그 공간 안에 있는 한 명의 등장인물로서 모든 걸 분명하게 느끼고, 간직하고 싶다고. 누나 얼굴에 번진 복잡함을 보고서 울컥하고 싶고, 눈에 보이지 않는 작별 속에 기꺼이 가슴 아프고 싶어. 우는 나를 보고 누나가 더 못생기게 울었으면 좋겠어. 그러다 실소를 터트리고, 행해지는 모든 약속과 맹세, 그리고 축복을 전부 지켜본 증인으로서 고개를 끄덕이고 싶어. 모두가 벅찬 마음으로 박수를 칠 때 일등으로 기립하고 싶어. 그러기 위해서는 정신을 똑바로 차려야겠다. 나는 그런 식으로 나서는 게 어렵더라고.

누나 반 고흐 알지? 그 사람 화가인 것도 알지? 그에게 테오라는 동생이 있었던 건 모를 거야. 테오는 형이 그림 그리는 일에만 집중할 수 있도록 평생 경제적인 지원을 해줬어. 그뿐만 아니라 그의 작품을 팔기 위해 발로 뛰었고, 그가 지칠 때마다 편지를 써 격려해줬지. 그런 동생이 되지는 못할망정 맨날 받기만 하는 동생이라 미안해. 그리고 고마워. 고마운 마음, 반듯하게 돌려줄 날이 내게도 오겠지.

그 전에 한 가지. 누나는 무수히 많은 사람을 행복하게 해주고 있어. 엄마, 아빠, 나뿐만 아니라 엄청나게 많은 사람들을. 누나 덕분에 울고 웃으며 힘내는 사람들을 떠올려봐. 응당 누나 본인이 가장 행복해야 해. 그래야 정당하다고. 너에겐 행복할 자격이 가득 차다 못해 흘러넘쳐. 그래서 곁에 있는 우리도 잠시 웃을 수 있는 거야. 우린 전부 운 좋은 거야. 누나 같은 사람이 행복하지 않다면 그건 세상이 잘못돼도 한참 잘못된 거야. 물론 지금도 잘못된 게 많은 세상이지만 그것보다 훨씬 더. 이것보다 더하다니, 과연 어느 정도겠어. 어쨌든 누난 행복에 몸담아 마땅해. 다들 끄덕이고 있어. 나는 특히 크게 끄덕이고 있고. 내가 쓴 글이 이렇게 많은 사람의 고개를 위아래로 움직이는 일 여태 없었고, 아마 앞으로도 자주 없을 거야.

가끔 비 오는 날 기분 좀 내고 싶을 때 빼고는 모쪼록 행복에 몸담길 바라. 현실과 동떨어진 꿈 같은 일들이 앞으로도 자주 일어나길. 하나뿐인 누나의 결혼을 누구보다 축하해.

2019. 08. 24.

에필로그

　기본적으로 세상이 밉다. 그러한 비관을 품기에 이곳은 온 우주를 통틀어 가장 적격일지 모른다. 가끔은 누구보다 일 년 늦게 태어났으니 아마 일 년 더 머무를 거란 사실이 외려 손해 같다. 혁명조차 오래전에 빛을 잃은 곳이다. 당최 투명해지지 못할 세계다. 그야 군말 없이 떠나버리면 그만이지만, 앞서 용감히 떠난 이들이 꿈에 나와 세상은 변하지 않는다고 속삭인다. 말뿐이라면 그럭저럭 듣고 흘릴 텐데, 기어코 말끝에서 눈물을 훔친다. 그들이 낸 용기는 나를 주저하게끔 한다. 그러다 보니 떠난 이도, 남은 이도 뭉뚱그려 서글프다. 부둥켜안고 서로의 야윈 등을 어루만질 때면 슬픔은 곧장 가슴팍에 눌어붙어 비참의 흉터를 새긴다. 나누면 배가 되는 것은 비단 기쁨뿐만이 아니었다.

　개개인의 전의가 옅어지고, 두 눈에 무기력이 번질수록 세상은 작정하고 타락한다. 그 꼴을 곱게 봐줄 수야 없었다. 나는 한 겹 겉돌며 주머니 위에 손을 얹고 총 뽑을 순간만을 초조하게 기다렸다. 무엇을 노리는지 모른 채로 뭔가 나타나길 기다린다. 내겐 좋은 눈과 결의가 있었다. 하지만 겯도는 자의 비관에는 끝이 없다. 정작 빠르게 뽑아 쏴야 할 순간에는 빈 주머니를 더듬겠지. 설령 상대보다 빨리 뽑아 방아쇠를 당긴들 공이는 딸깍하고 허공을 때리겠지. 약실 가득한 불발탄, 급소만 피해 맞추는 빌어먹을 수전증. 다만, 세상에 영원한 건 없다는 말에 역설적으로 의존해 왔다. 영원한 행복이 없다면 불멸의 불행 또한 있을 수 없다고. 이미 밑천 드러난 인류애조차 좀먹으려 드는 개떡 같은 소란도 언젠가 멎을 거라 믿었다.

그때까지는 한 발짝 떨어져 가능한 좋은 걸 보고 듣는 것이 관건이었다. 일단은. 일단은 버티는 게 고작이라. 그래서 글을 쓰게 되었는지도 모른다. 세상의 추한 상판대기와 자신 사이에 지면을 두는 거다. 지면을 통해 세상을 그나마 봐줄 만한 심정으로 바라볼 수 있다면야 뭐가 됐던 망설일 게 없었다. 그야 많이 읽고 많이 써야 할 일이지만. 역시 내겐 애매한 재능뿐이라서 쓰는 족족 며칠 지나면 읽기 괴로웠다. 하지만 그조차도 쓰지 않으면 하등 아무것도 아닌 놈이 된다. 어디에나 있는 소수의 부적응자, 늘 불평만 많은 낙오자, 노력이 뭔지 모르는 패배주의자로 여겨지고 마는 것이다. 그런 건 역시 싫었다. 나는 나대로 증명하고 싶었던 거지, 굴복하려던 건 아니었다. 삶의 패권을 제 손으로 쥐고 있음을. 꽉 말아 쥔 뒤로 한 번도 놓친 적 없음을. 그렇게 능동적이고 쿨하게 세상을 견뎌내고 있음을. 뭔가 그럴싸한 걸 쓰고 나면, 비로소 신기루처럼 가끔 내게 유리한 스코어를 보기도 했다.

먹을 게 비관밖에 없던 탓에 노상 집어다 삼켰지만, 이젠 정말로 질렸다. 우리의 인연은 이쯤 단도리 맺어도 어느 쪽 하나 섭섭하지 않을 것이다. 이제는 세간의 잣대와 척도를 초월해 주체적 사랑 쟁취에 나서고 싶다. 주절주절 적었지만, 그저 '낭만'이라 줄이면 더 좋을 것이다. 낭만은 무형의 사랑을 일컫는다. 사랑을 구축하려는 자세, 그 자체를 의미한다. 세간 사람들은 낭만을 마치 우습게 아는데, 낭만을 알기 전에 사랑을 먼저 알 수는 없는 법이다. 사랑은 낭만 아래 있으니까. 사랑이 낭만보다 뒷장에 적혔을 테니까.

낭만.

적어두고 바라만 봐도, 소리 내 발음해보기만 해도 어딘가 간드러지는 울림이 있다. 어쩐지 낭만, 낭만 하다 보면 사랑, 사랑 같은 말은 아무렇지 않게 할 수 있을 것만 같다. 이 책이 컨트리 블루스처럼 담담하게 울려 퍼지길 바란다.

그 안에 공명하는 어떤 간드러지는 울림이 세상을 관통하
길 바라본다.

우울보다 낭만이기를

1판 1쇄 발행 2020년 07월 31일
1판 4쇄 발행 2023년 03월 27일

지 은 이 최형준
기획편집 정해나

발 행 인 정영욱
사　진 이 지

펴낸곳 (주)부크럼
전　화 070-5138-9971~3 (도서기획제작팀)
이메일 editor@bookrum.co.kr
인스타그램 @bookrum.official
블로그 blog.naver.com/s2mfairy
포스트 post.naver.com/s2mfairy

ⓒ 최형준, 2020
ISBN 979-11-6214-340-7